works

2

On my way home from work, my bea

asked me to do something for her.

仕

独身の美人上司に

頼まれて

望公太

Illust

しの

桃生
結子
Yuiko
Monou

「男の人って、
どうせこういうのが
好きなんでしょう？」
YUIKO NAKED MODE
On my way home from work, my beautiful single boss
asked me to do something for her.

YUIKO LINGERIE MODE

On my way home from work, my beautiful single boss
asked me to do something for her.

「そういうことするときって、
基本的に部屋は暗いし……
そもそも、すぐ脱いじゃうことも多いし」

「夏場だと、汗で張りついて……」

YUIKO WORK MODE

On my way home from work, my beautiful single boss asked me to do something for her.

works
2

CONTENTS

口絵・本文イラスト　しの
口絵・本文デザイン　杉山絵

On my way home from work, my beautiful single boss
asked me to do something for her.

仕事帰り、独身の美人上司に頼まれて2

望 公太

角川スニーカー文庫
23790

本文・口絵イラスト／しの
本文・口絵デザイン／杉山絵

プロローグ

「先月の虎村《とらむら》さんの本、数字がかなり悪かったのよね……」

溜息《ためいき》と若干の苛立《いらだ》ち交じりに、桃生《ものう》さんは言う。

「虎村さんって」

「ベテラン映画監督の、虎村剛心《ごうしん》よ」

虎村剛心と言えば、映画にさほど詳しくない俺でも知ってるぐらいの有名映画監督だ。

昭和から平成にかけて、多くの名作を生み出した監督。

もっとも近年はほとんど映画を撮っておらず、主な活動はタレント業。

バラエティやワイドショー、講演会、そしてYouTubeなどで活躍している。

若い世代からしたら映画監督というより『ズバズバと辛口や偏見を言う、面白いおじいさんコメンテーター』という印象が強いだろう。

俺にしても……彼の映画は一作も見たことはないけど、テレビでは見たことがある、という状態だ。

その虎村剛心さんは、最近うちの出版社から本を出した。

のだけれど……。

「過去にうちから出した四作はどれも結構売れてたから、今回のもそこそこイケると思ったんだけど」

「あんまり映画と関係ない本でしたからね……」

虎村剛心が以前出した本は、全て映画に関する本。

しかし先月出したのは——映画にはあまり触れない自叙伝みたいな本。

好きな酒やオリジナルのつまみレシピ、おすすめ観光スポットや自作の川柳など、そういうものが雑多に掲載されている本だった。

「彼が料理の話ばっかりしてるYouTubeチャンネルがそこそこ人気だから、そこまで悪くない勝負だと思ったんだけど……」

苦虫を噛《か》み潰《つぶ》したような顔で言う桃生さん。

俺と彼女は、『マルヤマ社』という大手出版社に勤めている。

部署は営業第三課。

主に実用書の営業を担当している。

役職は彼女が課長で、俺が平社員。

桃生結子《ゆいこ》は──俺の直属の上司に当たる。

仕事には極めてストイックで、常に高い成績を叩《たた》き出す。上にも下にも厳しいその姿勢から、尊敬と畏怖を込めて『女帝』という異名で呼ばれている。

そんな彼女だからこそ……担当した本の売り上げ不振は許せないのだろう。

「……そもそも今回の本は、虎村剛心が十年ぶりに新作映画を撮るっていうから、動いた企画だったのよ？　だから課長の私がわざわざ担当したの……。それなのに映画の話は急にポシャって、こっちは戦略も全部練り直しで……あー、ううん。こんなのはただの言い訳よね。いくら時間がなかったとしても……」

「あ、あの、桃生さん」

恐る恐る発言を止める。

別に──こういう話が嫌なわけじゃない。桃生さんの話はいつも勉強になることばかりだし、積極的に聞きたいぐらいだ。

でも、今は……ちょっと違う気がした。

「そろそろ、服着ませんか？」

俺は言った。

微妙に目線を外しながら。

俺達のいた場所は、会社のオフィス——ではなく。

桃生さんの自宅マンション、である。

そして今の彼女の姿は——上下共に下着姿。

豊満な胸部を包み込む黒いブラと、臀部《でんぶ》を覆う黒いショーツ。

そんな姿のまま、極めて真剣な顔で仕事の反省をし始めたものだから、俺としては少々反応に困ってしまった。

「……そ、それもそうね」

照れたようにやや早口で言った後、桃生さんはそそくさと着替えを再開した。その慌てた様子は少し滑稽で、だからこそ愛らしかった。俺もパンツしか穿いていなかったので、着替えを続ける。

ほんの十数分前まで、俺達はベッドの上で交わっていた。

体を重ね、愛を育み——ああ、いや。

愛を育んでいたわけでは……ないのだろう。

俺達の間に愛はない。

でも——子供を作るための行為をしていた。

一通りのことが終わってから二人で服を着始め、スマホを手に取った桃生さんがたまたま『虎村剛心、ワイドショーで不倫に喝』というどうでもいいネットニュースを見て、そこで仕事スイッチが入ってしまった、という流れだ。

そう。

これが俺達の、今の関係。

結婚も恋愛もしないまま、定期的に体だけを重ね合っている。


もう、二ヶ月ぐらいは経《た》っただろうか。

ある日の飲み会後——俺は桃生さんからホテルに誘われた。

その場所で告げられた、彼女の願いと頼み。

——これから私と——子作りだけしてくれないかしら?

結婚も恋愛もする気はない。

でも子供だけは欲しい。

だから都合のいい女だと思って、定期的に抱いてほしい。

それが、彼女の頼み。

葛藤の果てに……俺はその頼みを引き受けた。

その後、あれやこれやの紆余《うよ》曲折《きょくせつ》はあったけれど、いまだに彼女が妊娠することはなく、体だけの関係は続いている。

彼女に呼び出されては、避妊具もつけずに交わるだけの関係——

「じゃあ、俺はこれで」

玄関先で、靴を履きながら言う。

「……悪いわね、毎回」

「なにがですか？」

「私が呼び出してるのに、ロクなもてなしもせずに帰しちゃって」

見送りに来た桃生さんが、申し訳なさそうに言った。

今日のように仕事終わりに呼ばれた日は、終電前に帰るのがいつもの流れだ。

やることをやったら、できるだけ早く帰るよう心がけている。

……まあ、流れで泊まってしまう日も何回かあったけど、だからと言って毎回のんびりするわけにもいかない。

もしも俺が彼氏ならば。

行為が終わったらとっとと帰る男なんて、最低なのかもしれない。

でも俺は彼氏ではない。

友人ですらない。

そんな俺が長居しても迷惑なだけだろう。

「気にしなくていいですよ」

「でも」

「それにもてなしなら……十分受けてますし」

「どういう意味？」

「えっと、その……べ、ベッドの上で、十分積極的に、もてなしていただいてるというか」

「……～～っ！」

数秒間を空け、桃生さんは顔を真っ赤にした。

しまった。フォローしようとして思い切り間違ったかもしれない！

「なにを言ってるの、もう……！」

「ご、ごめんなさいっ」

「……もういいわ。とっとと帰りなさいっ。明日も仕事なんだから、遅刻しないようにね」

「はいっ。失礼しますっ」

急ぎ頭を下げ、ドアに手をかける。

そして最後に、

「じゃあ、また」

「……うん、またね」

というやり取りをして、ドアを閉めた。

なんの『また』だったのかは自分でもわからない。また明日仕事でという意味か、あるいはまた、この部屋で、ということなのか。

マンションからの帰り道。

言いようのない虚無感が、胸に去来する。

どうしてだろう。

ずっと憧れてた美人上司と、自由にセックスできる関係。

しかも、ゴムすらつけずに。

世の中の大半の男が大喜びするような状況に、俺はいるのかもしれない。

なんの責任もリスクもなく、ただで美人とセックスできるのだから。

それなのに、どうしてこんなにも虚《むな》しいのか。

どうしてこんなにも——胸が苦しいのか。
「……っ」
わかってる。
答えなんてもう、わかりきっているんだ。
虚しいのは——今以上を求めてしまったから。
体だけの関係じゃ満足できなくなってしまったから。
俺は。
実沢春彦《さねざわはるひこ》は。
こんな爛《ただ》れた関係を続けているうちに、桃生さんに本気で惚《ほ》れてしまったのだ。

第一章　桃生課長と検査

ペアリング。

俺達の関係は、桃生《ものう》さんの発案でそう呼ぶこととなった。

ペアのリング——ではなく。

爬虫類《はちゅうるい》や熱帯魚などで、繁殖を目的として雌雄のペアを作ること——それをペアリングと呼ぶらしい。

まあ、俺達にピッタリのネーミングと言えるだろう。

繁殖のために雌雄を交尾させること。

夫婦でも恋人でもない、子作りのためだけのカップリング。

悲しいぐらい、皮肉的なぐらい、的を射たネーミングだ。

そして。

俺達のペアリングには——いくつかのルールがある。

・この件については口外禁止。
・子供ができても、俺に認知や養育費は求めない。
・俺は後になって親権を要求してはならない。
・互いに金銭は要求しない。

この四つに加えて、もう一つ。
誓約書に、後から手書きで付け足されたルール。

・どちらかが本気になったら、この関係はおしまい。

当然と言えば当然のルールだ。
本来ならわざわざ明文化するまでもない。
子作りのためだけの割り切った関係。
それ以上を求め出してしまえば、この関係は根本から破綻する。
なぜならば桃生さんは――結婚も恋愛もしたくないからこそ、俺に今の関係を求めてきたのだから。

恋人も婚約者も、彼女は求めていない。

欲しいのは子供だけ。

どちらかが本気になったところで、こんな関係に未来はない。

万が一にも相手を好きになったらいけない。

だからこそ、このルールは必然。

でも。

それなのに俺は、このルールを早くも破ってしまったのだった。

「——ええ？　どんくらい年上の女と付き合ったことあるかって？」

同期の轡《くつわ》は、俺の質問に眉を顰《ひそ》めた。

仕事帰り、である。

轡に誘われて二人で大衆居酒屋に飲みに来ていた。

「どうだったかなー」

ハイボールの入ったグラスを傾けつつ、轡は続ける。

「一番の年上は、大学のときの相手かな。三十近い人だった」

「へえー……」

大学のときに三十近い相手……ということは、八、九歳差ってことか。

ちょうど俺と桃生さんの年の差ぐらいだ。

「どういう経緯で付き合ったんだ？」

「経緯もなにも、街で見かけてかわいかったから声かけただけだよ。同年代かと思ったら結構年上でビビったけど、見た目が若いから別にいいかって感じで……まあ、普通に」

出た！

『普通に』！

モテる男はいつもこう！

モテない男が一番知りたい部分を『普通に』で済ます！

いちいち言わなくてもわかるだろ、と言わんばかりに！

「付き合ってたのは二ヶ月ぐらいかなあ。そこそこ楽しくやってたけど……そいつが実は人妻だったことが発覚してな。『旦那と別れるから』とか言われたけど、慌てて縁切ったわ。いやー、あのときは焦ったなー」

笑い話のように軽く語るが、なにげにヘビーな話だった。

うーむ。

やっぱり轡の恋愛譚《たん》はあんまり参考にならんなあ。

全体的に玄人すぎて、恋愛初心者には全く参考にならん。

「……実際、どうなんだろうな。年上の女性と付き合うって」

俺は言った。

「うん？」

「いやほら、やっぱり高確率で、向こうの方が年収や社会的地位が高くなるわけじゃん？　どうしても男として情けない気分になるっつーか」

「そこは気にしてもしょうがねえだろ。収入は女の方が上なんて今時よくある話だろうし。『男として情けない』とか言って、いちいち卑屈になる方が鬱陶しいだろうぜ」

「……そりゃそうか」

「『金は自分で稼ぐから男に収入は求めない』ってタイプもいるだろうしな。そういう相手は、男には収入以外の部分……優しさとか、マメさとかを求めてるんだろうし」

「なるほど……優しさ、マメさ、か」

「なんだよ実沢《さねざわ》？　年上の女でも狙ってるのか？」

「ええっ⁉　ち、違う違う！　たとえ話たとえ話！　好奇心好奇心！　なんとなく気になっただけだから……ははは」

必死に誤魔化《ごまか》し、ハイボールを口に運ぶ。

年上の女を狙ってる――実際には、図星もいいところだ。
いや、図星、とも違うのか。
俺は……桃生さんを狙っているんだろうか？
わからない。
正直もう、どうしたらいいかわからないというのが本音だ。
まず――俺は桃生さんが好き。
これはもう、認めてしまおう。
認めざるをえない。
認めなきゃ始まらない。
認めなきゃ収まらない。
以前から社会人としてずっと憧れていた。
そして今は……完全に女性として惚れてしまった。
最近は寝ても覚めても、恥ずかしいぐらい彼女のことばかり考えている。
でも――この気持ちをどうしたらいいかわからない。
今からまっすぐな恋愛を始めるには、俺達の関係は複雑に絡まりすぎている。
初手から大きく道を踏み外しているため、どうしたって王道には戻れそうもない。

ならば、どうすべきか。

ちょっといくつかのパターンを検討してみよう。

パターン１
思い切って告白してみる。

「好きです！　俺と付き合ってください」

「……そう。なら今の関係はもう終わりね。ルール違反だもの。言ったわよね、どっちかが本気になったらおしまいって」

「あっ……そんな」

「子作りの相手は他を探すから。私のことはもう忘れて」

「あぁぁ～……桃生さぁん……」


まあ、これはアウトだろう、うん。

ルール上……こうなる危険性が極めて高い。

このパターンは絶対に避けたい。単にフラれるだけではなく、今の特別な関係性すらも失って……桃生さんは他の男のところに行ってしまう。

それはちょっと……いや、かなり嫌だ……！

考えただけで吐きそうになってくる。

恋人でもないのに勝手に寝取られた気分になる。

でもだからと言って――

パターン2
徐々にアプローチしてみる。

「あの、今度、よかったら二人で旅行でも……」

「……実沢くん、もしかして私のこと好きなの？」

「えっ、あっ、いや……」

「なら今の関係はもう終わりね。言ったわよね、どっちかが（以下略）」

……下手なアプローチもダメだ。

相手に好意を見抜かれた時点で終わってしまう。

今の関係を維持するためには、俺の気持ちを隠し続けなければならない。

しかし。

それが上手《うま》くいって今の関係を維持できたところで——

パターン３
なにもせず現状維持。

「ありがとう、実沢くん、おかげでやっと妊娠できたわ」
「おめでとうございます」
「じゃあ約束通り、私達の関係はこれっきりね」
「えっ」
「さあ、これからはシングルマザーとして頑張っていかないと」
「あぁ〜……桃生さぁん……」

……現状を維持したところで、最後はこうなるしかない。
当たり前だ。最初からそういう約束だったんだから。
悪いのは俺。
間違っているのは俺。

本気になってしまった時点で――盛大な横紙破りをしている。

ああ……どうしよう。

この気持ちを、俺はどうしたらいいんだろう？

わからない。マジでわからない。童貞を卒業しただけの恋愛経験ゼロ男にとっては、今のシチュエーションはあまりに難問すぎる。

とにかく今は、バレないように現状維持するしかない……のかな。

桃生さんにはもちろん、他の誰にも絶対にバレないように――

「実沢……お前さ」

うっかり悶々《もんもん》と考え込んでしまった俺に対し、轡が言う。

訝《いぶか》しむような目をして。

「やっぱ桃生課長のこと、好きなの？」

「……ぶふっ」

ちょうど飲んでいたハイボールが、変なところに入った。

「げほっ、げほっ……は!?　え……いや、なんて？」

「やっぱり桃生課長が好きなのかなー、って」

「ななっ、なにを根拠に……エ、エビデンスはあるのか、エビデンスは？」

「エビデンスって」

　苦笑する轡。

「前からなんか、意識してそうだったじゃん。若手が桃生課長の愚痴で盛り上がっててもお前だけは絶対乗ってこないし。それにこの前、嫌いじゃないって言ってたろ？」

「言ったけど……」

「普通に惚《ほ》れてんのかなあ、と思って。だから今、俺に年上の女がどうたらって尋ねてきたんじゃねえの？」

「そ、それは……」

　まずい。

　だいぶ近いところまで読まれてしまっている。

「……ないない。あり得ないって。好きとかそういうんじゃねえから」

　嘘《うそ》だけど。

　好きとかそういうことなんだけど。

「だいたい、桃生課長は俺のことなんか相手にしないだろ」

「どうだかな？　案外、お前みたいな純朴な年下がタイプかもよ？」

　え。そうかな。

もしそうなら俺にもチャンスが――ってそうじゃなくて！

「とにかくそういうんじゃないから。そりゃ好きか嫌いかで言えば、好きだよ。でもそれは女性としてじゃなくて、上司として尊敬してるってだけで」

「ほんとにぃ？」

轡は軽く身を乗り出し、ジッと俺を見つめてくる。

「女として全く見てねえの？」

「み、見てない」

見てるけど。めちゃめちゃ見てるけど。

「じゃあ、桃生課長が裸で迫ってきても断れる？」

「ああ、断れるね」

嘘である。

全っ然断れなかった結果が……今である。

「あの巨乳を押しつけられても？」

「断れるな」

嘘である。

あのおっぱいを押しつけられて我慢できる男がいるだろうか。

いや、いない！

「『なにも言わずに抱いて』とか言われても？」

「余裕だね。俺、付き合ってない女性とはそういうことしない主義だから」

嘘八百である。

流されて流されて簡単にヤってしまったのが……俺である。

「ふぅん。まあ、そこまで言うなら信じるけどよ」

つまらなそうに轡は言う。

どうにか誤魔化せたらしい。

「そっか、桃生課長のことはマジでなんとも思ってないってわけか……」

轡はやや退屈そうに言った後、背もたれに体重を戻した。質問攻めが終わり、俺が内心で一息吐いていると、

「なら、いいか」

ポツリ、と、轡は独り言のように呟《つぶや》いた。

「うん？」

「あー、いやいやなんでもない。こっちの話」

小さく首を振る轡。

その後はまた、酒の肴《さかな》にどうでもいいトークが続いた。

仕事の愚痴、轡が今狙ってる女の話、近々予定している同期飲みの話などをして……二時間ほどで店を後にした。


翌日も、普通に仕事である。

営業というと外回りのイメージが強いかもしれないけれど、出版社の営業の場合、どっちかと言えば事務作業がメインとなる。

編集部との打ち合わせ、書店や取次への連絡、書籍の在庫確認、売り上げデータ確認、電子書籍関係の諸々《もろもろ》、各種フェアの日程調整……などなど。

社内でやる仕事の方が圧倒的に多いのが現状だ。

「じゃあ次は、来週の日曜、昼番組で特集される『勝ち組はむしろネガティブ』と『コミュ力なんかなくていい』の施策についてだけど――」

桃生さんが資料をめくりながら言う。

営業部の空いていたスペースに、第三課の社員が集まっている。

毎週やっている定例会議みたいなものだ。

課長の桃生さんが中心となり、ＰＯＳデータの分析、スケジュールや戦略を共有、アイディア交換などを行う。

俺のポジションは桃生さんの横。

話を聞きながら資料にメモをとっている。

ふと思う。

改めて考えると——すごい状況だ。

何度も体を重ねた相手と、同じオフィスで働いているのだから。

ドラマや漫画で見た社内不倫は、実際にはこんな感じなのだろうか。

誰にも言えない秘密を抱えながら、会社では素知らぬ顔で過ごす。

まあ、俺達はお互いに独身で、倫理はともかく法律的には問題ない関係だから不倫とは少し違うかもしれないけれど——でも。

俺の方は不倫に近いのかもしれない。

既婚者と関係を持ってしまった感覚に。

割り切った関係のはずなのに、早くも割り切れなくなってしまったのだから。

そんな考えを巡らせていたとき——

「——今、テレビの宣伝効果ってどうなんですかね？」

俺の一つ上ぐらいの、若い女性社員が言った。

「最近、家にテレビない人も多いじゃないですか。友達もわざわざ買ってない人も多いし……ていうか私も今の家にはないですし」

彼女の言葉に、三十、四十代ぐらいのおじさん世代がザワっとした。

「うわあ。とうとうそういう時代かぁ」

「いやでも、俺も全然見てないかも、テレビ」

「俺達世代だと、家にテレビがないとなんか落ち着かないんだよな」

盛り上がるおじさん達。

そのうちの一人から話を振られる。

「実沢くんはどうだい？　家にテレビある？」

「一応、ありますけど……ゲームとかサブスクで使うのがメインですね。朝の出勤前には、なんとなくニュース流したりしますけど」

そう言った後、俺は横にいる桃生さんを覗《うかが》う。

特に深い考えもなく、

「桃生さん家《ち》もデカいテレビありましたよね」

と言った。

向こうも普通に応じる。

「あんな大きいのいらなかったんだけどね。何年か前に出版社のパーティーでやったクジで当たっちゃって」

「すごい。運いいですね」

「全然よくないわよ……。そういう企画で一位になると、いろいろコメントしなきゃいけないから本当に面倒で……」

雑談のように話している途中――ふと気づく。

なんだか変な空気になっていることに。

あれ？

なんかみんな、不思議そうな顔でこっち見てるような。

困惑していると、向かいに立っていた轡が口を開く。

「実沢……お前、なんで桃生さん家のテレビ知ってんの？」

「――っ」

うわ、ヤバい。

しくじった！

完全に余計なこと言っちまった！

普通に考えたら……俺が桃生さん家のテレビのサイズを知ってたらおかしい。会社での俺は、どこにでもいる平社員Aでしかないのだから。

自宅住所を知っていてもおかしいレベル。

それなのに、室内のテレビ事情について知ってるなんて……！

まるで——何度も家に出入りしてるみたいじゃないか。

いや、してるんだけど！

「……じ、実はちょうど、テレビ買い換えようと思っててさっ。桃生課長に軽く相談したら、使ってるテレビの感想とか教えてくれて。ねえ、課長？」

「……そ、そうだったわね。ええ。そんなこともあったわね」

「まあ結局、サイズが大きいし最新型の高いやつだしで、あんまり参考にならなかったんだけど……あはは」

頭を働かせて必死に誤魔化すと、桃生さんもどうにか合わせてくれた。

大して上手《うま》い言い訳ではなかった気もするが、元々みんなそこまで興味もなかったのか、深く言及されることもなかった。

よ、よかったぁ。

なんとかなったみたいだ。

「……若い世代へのテレビ番組やテレビＣＭの宣伝力については、改めて検証した方がいいかもしれないわね。何年か前の検証データならあるけど、こういうのは日夜変化していくものだから」

冷静さを取り戻した桃生さんが、真面目な口調で話を先に進めた。

テレビ関連の雑談から、仕事の話へと。

話題は完全に切り替わり、俺はホッと胸を撫《な》で下ろす。

すると、コツン、と。

テーブルの下で靴を蹴られた。

横を見れば……桃生さんが横目で一瞬、ジッと窘《たしな》めるように睨《にら》んできた。

俺は姿勢を正し、内心で必死に謝る。

ごめんなさい、ごめんなさい、と。


その日の夜――

「まったく実沢くんは……。どうにか誤魔化せたからよかったものの」

「……すみません」

「少し慣れてきたと思って油断した？」

「う……」

「何事もね、ちょっと慣れてきたぐらいが一番危ないのよ。ちょっとした不自然さから、私達の関係がバレることだって十分あり得るんだから。普段からしっかり気を引き締めて生活しなさい」

桃生さんの自宅に呼び出された俺は、部屋に上がって早々、昼間の失言について注意された。完全に俺が悪かったと思うので、返す言葉もない。

幸い、そこまで怒ってるわけではなさそうだからよかったけど。

釘《くぎ》を刺した方がいいから一応刺した、というぐらいの怒りである。

一通りの注意が終わったところで、桃生さんはソファから立ち上がり、キッチンの方へと歩いていく。

「ノンアルのハイボールでいい？」

「はい、お願いします」

桃生さんがノンアルのハイボールの缶を持ってきてくれる。

妊活中のアルコールは、基本的には推奨されない。

『少しぐらいならいい』『妊娠前ならそこまで気にする必要はない』という意見もあるよ

うだけど、桃生さんは早い段階から徹底している。

だから俺も、この部屋では彼女に合わせて禁酒している。

今の時間は――夜の八時半。

平日に誘いがあったときは、お互い別々に夕食を済ませ、それから俺がこの部屋に来るのがいつもの流れだった。

恋人でもないのだから、意味もなく一緒に夕飯を食べるのはおかしいだろう。

まあ、一緒に食べようと提案しても断られもしないような気もするけど……だからと言ってそこまで馴《な》れ馴れしくするのも少々憚《はばか》られる。

なんとも難しい関係性で、微妙な距離感だとつくづく実感する。

「テレビつけていいですか？」

「ええ」

コップに注いだノンアルのハイボールを片手に、なんとはなしにつけたテレビを見つつ、どうでもいい雑談をする。

こんな風に軽く飲みながら――徐々に始めるのが最近のパターンだった。

そう。

俺は別に、わざわざ説教されに来たわけじゃない。

やるべきことがある。

やらなきゃいけないことがある。

呼び出しに応じたからには——彼女とセックスしなければいけない。

普通のカップルや夫婦ならば、こんなのはその場のムードでいいんだろう、たぶん。お互いにイマイチ盛り上がらなければ、その日はしなくたっていい、たぶん。

でも俺達は違う。

ただヤるだけの関係なのだから、ヤらないという選択肢はない。

ムードがどうであろうと、やることはやらなきゃいけない。

でも……だからこそ、できる限りムードを大事にしたいとも思う。

完全に事務作業みたいになってしまったら、お互いに虚《むな》しいだけだし。なにより……俺がまた不能になってしまいそうだし。

さあ、どうしたものか。

今日はどうやってムードを作っていこうか。

軽いボディタッチから入るか。相手が動くのを待つか。

俺が悶々《もんもん》と思い悩んでいると——

「実沢くん」

パッ、と。

桃生さんが距離を取った。

一旦立ち上がってソファに座り直し、俺と真正面から向き合う。

「ちょっと気配を感じたから、はっきり言うけど」

桃生さんは言う。

本当にはっきりとした口調で。

「今日はセックスはしません」

「――っ」

ガーン！　と凄《すさ》まじい衝撃が全身を貫いた。

言葉を失い、愕然《がくぜん》としてしまう。

「え……え？」

「今日はセックスはしません」

一言一句違わず二回言われた。

聞き間違いではなかったらしい。

どうやら俺は今日、セックスができないらしい。

マジか。

マジかぁ……。

「そん、な」

「……ちょ、ちょっと。落ち込みすぎよっ」

自分でもびっくりするほど落ち込んでしまったようで、桃生さんが慌てて声をかけてきた。

「……ど、どうしてですか？　セックスはしないって……だったら俺、なにしに来たんですか？」

『今日はセックスしたくない』と言う女性。

それに対し、『じゃあ俺、なにしに来たんだよ』と言う男。

冷静に考えたら……相当ヤバいことを言ってる気もした。

カップルだったら、こんな男は即フラれるだろう。

でも俺達の場合、この台詞《せりふ》は間違ってない。

向こうからしたら、セックス以外の目的で来られる方が迷惑だろう。

「なにか理由が……あっ。やっぱり今日の昼間の失態のせいですか？　そのペナルティ的な……」

「それは関係ない」

「じゃあ……まさか、前回ちょっと調子に乗りすぎたからですか？　桃生さんの反応がよかったから、ダメって言われたのに何度も同じところを攻め——」

「それも関係ないっ！」

赤い顔でちょっと強めに怒鳴られた。

「今日は……他にお願いしたいことがあるの」

そう言うと桃生さんは立ち上がり、部屋の奥からなにか箱を取ってきた。

「これは……？」

問いかける俺に、桃生さんは一呼吸置いてから、

「精液の検査キットよ」

と真剣な口調で答えた。

飛び出したワードに、思わずギョッとしてしまう。

「せいえ……え？」

「……これは、かなり個人のプライバシーに踏み込んだ話になるから、嫌なら全然断ってくれて構わない。でも、できることならお願いしたい」

桃生さんは言う。

「実沢くんに精液検査をやってほしいの」

話を聞くと——

桃生さんは妊活のため、定期的に産婦人科に通っているらしい。

生理周期や基礎体温、ホルモンバランスの状態など、妊娠に向けていろいろな検査や相談をしている。

そこで最近——男性不妊の話になったそうだ。

男性側が原因の不妊は、決して珍しい話ではない。

統計的には、男性の二十人に一人はなんらかの男性不妊症であると言われているらしい。

精子の数が少ない。

精子の運動率が悪い。

精子を作る機能に問題がある。

などなど……人それぞれ様々な原因がある。

不妊は——決して女性だけの問題ではない。夫婦で不妊治療を受ける場合、男性側もきちんと検査を受けることが望ましい。

そして。

男性不妊症への新たなアプローチとして、簡易的な検査キットも各メーカーから発売されているらしい。

「……精液検査って自宅でもできるんですね」

「今はネット通販でも買えるからね。種類もたくさん出てるし」

「へぇー、ネットで」

感心しつつ、開いた箱の中身を眺める。

検査キットの中に入っていたのは――精液を採取するためのカップやピック、精液を載せるプレート。そして拡大ルーペ。

ルーペを取り付けたスマホでカメラを起動すれば、精子が観察できる。

専用のアプリを使えば、細かい数値までわかるらしい。

なんともまあ、ハイテクなことだ。

俺自身――桃生さんとのペアリングを始めてから、妊娠や妊活、不妊治療などについて、自分なりにちょっとは調べてみていた。

でも、こういう簡易キットについては知らなかった。

男性の精液検査は、産婦人科や専門のクリニックに行かなきゃできないものだとばかり思っていた。

「便利な世の中になりましたね。まさかスマホで検査ができるなんて」

「と言っても、あくまで『簡易』検査だけどね。これで『問題あり』って結果が出たら、次は専門機関で再検査するようになるわ」

そりゃそうか。

簡易検査はあくまで簡易検査。専門機関より精度は落ちるだろうし、問題があったところでなにか治療ができるわけじゃない。

「わー……なんか、おー……うん」

説明書の『精液をカップに採取し～』という文面を読んだりすると、なんとも言えない気分になってくる。

当たり前だけど……すごく生々しい感じだ。

「……実沢くん。さっきも言ったけど、嫌だったら断っていいから」

俺が若干引いたような態度を取ってしまったせいだろうか、桃生さんが申し訳なさそうな顔で言う。

「相当、プライバシーに踏み込んだことを頼んでると思う。本来、夫婦でもない関係性でお願いすることじゃないから……」

「…………」

そうなのかもしれない。

自分の精子の状態なんて、極めてデリケートかつセンシティブな問題だろう。

でも、桃生さんがそれを求める気持ちもわかる。

彼女は、子作りのために俺と関係を持っているのだから。

これでもし、俺の生殖機能になんらかの先天的な問題があったとしたら——精子の状態的に自然妊娠が難しかったとしたら。

彼女にとって……俺との妊活は全て無駄だったことになる。

俺の精子の状態が気になるのは、当然のことだ。

どうせならちゃんと調べた方がいいし、調べるならば早い方がいい。

「……わかりました。俺、やります」

少し考えた後に、俺は言った。

桃生さんは目を見開く。

「ほ、本当にいいの？　無理しなくていいのよ？　もう少し考えても……」

「無理はしてないですよ」

俺は言う。

「よく考えたら、あんまり俺に損はないっていうか。調べといて悪いことはなにもないですし。むしろ桃生さんのお金で検査してもらえるわけですから、ちょっと得した気分です」

抵抗や気恥ずかしさがないと言えば嘘《うそ》になるけど……実際、調べておいて悪いことはないだろう。

一種の健康診断みたいなものだ。

万が一俺の精子に問題があった場合……いずれ結婚して不妊で悩んで、その後に検査してから知るより、今のうちにわかった方がいいだろう。

早いか遅いかの違いでしかない。

それに――

「……ありがとう、助かるわ」

桃生さんはホッと安堵《あんど》した顔となる。相当な勇気と罪悪感を抱えながら、俺に検査をお願いしてきたのだろう。

簡単な気持ちで頼んできたわけじゃない。

その気持ちには応えてあげたい。

「えーと……それじゃ、俺、どうしたら……」

採精カップを手に取り、考える。

「トイレとかで出してくれればいいですかね……？」

「ダ、ダメよ！」

提案してみると、桃生さんは大慌てで否定した。

「トイレでなんて……そんな恥をかかすようなマネはさせられないわ。ただでさえ失礼なお願いをしてるのに」

大げさなことを言ってくる。

いや……オーバーな話でもないのか。

精液検査に抵抗を覚える男性は、決して少なくないらしい。

妻がどんなに頼んでも夫が精液検査を受けてくれない。

そういう事例は珍しくないそうだ。

専門のクリニックや産婦人科などで検査する場合、男性は専用の個室（採精室やメンズルームと呼ばれる）に案内された後、一定時間内にカップに射精して提出しなければならない。

採精室がないところの場合は……男子トイレでやってくるよう命じられるパターンもあるとか。

特殊な状況にプレッシャーを感じて上手《うま》く射精できなくなる人もいれば、作業的な自慰を強要されることに対し『尊厳を踏みにじられている』と感じる男性もいるらしい。

俺にしたって、考えなしに軽く言っちゃったけど……実際に今トイレでやったら、フィニッシュまではいけなかったかもしれない。すぐ近くで桃生さんが待ってる状況では、ちょっとキツいものがある。

「……男の人だって、たぶん、辛いのよね。いきなり一人でしてこいなんて言われたら……。私だって、そんなこと命じられたらすごく嫌だもの。他人が今か今かと待ってる状況で、一人でさせられるなんて……」

真剣な顔で言う桃生さん。

やっぱりすごいな、と思う。

妊活や不妊治療について、真剣に調べているんだろう。女性のことだけじゃなくて、男性の心理についても学んでいる。男がどう考え、なににストレスを感じるかまで、ちゃんと理解しようとしている。

妊娠に対する熱意を改めて実感した気がした。

「でも、それじゃどうしたら……？」

この検査キットをもらって、家でやってから結果を提出すればいいのかな。

そんな風に考えていたら、

「……私からお願いしたことなんだから、丸投げするつもりはないわ」

と告げる。

覚悟を決めたような声で。

「……も、もし実沢くんが嫌じゃないなら、協力してあげる」

「協力……？」

「一説によるとね……男性がきちんと快感を得て、しっかり興奮が高まった状態で射精した方が、精子の状態がよくなるらしいの。量も増えて運動率も上がるらしくて……。どうせ検査するなら、ちゃんと質のいいものでやった方がいいと思うから……」

「……えっと？」

「〜〜っ。だ、だからっ」

ピンと来ない俺に、桃生さんは羞恥で真っ赤に染まった顔で言う。

「私が手伝ってあげるって言ってるの……！」

大体二十分ぐらいかかっただろうか。

桃生さんにしっかり、しっかり手伝ってもらって、無事採精は完了した。

「………………」

室内はなんとも言えない微妙な空気となる。

……いや、なにこれ？

なにこの変な気まずさ⁉

うわあ……うわあああああああっ。

もう何回もセックスした関係だけど……これは全く別種の恥ずかしさだ。

桃生さんはずっと服を着たまま。

俺の方は……下半身だけ丸出しになった。

部屋は明るいまま、やや事務的な感じにされて――

……いや、本当になんなんだ、これ？

なんかちょっと、変な性癖に目覚めてしまいそう。

「……その、ありがとうございました」

「や、やめなさい、お礼なんて。お礼言った方が変な感じになるでしょ」

「でも、なんか……かなり丁寧にしてもらったので……。まさか、あんなところもマッサージしていただけるなんて」

「〜〜っ！　ち、違うわよ！　深い意味はないから！　ああいう部分もマッサージした方が良質な精子が出るって、なにかで読んだことがあって……」

ともあれ。

採取は無事に完了した。

テーブルの上のカップにはきちんと精子が入っている。

……うわあ、なんか嫌だな。こうやって自分の精子を見るのって。

普通に排泄物《はいせつぶつ》だもんなあ。

「これが……実沢くんの精子……」

「あ、あんまり見ないでくださいよ……」

「量は……大丈夫そうね」

精液検査には一定の量が必要となる。

俺の出した精液量は……うん、余裕で大丈夫そうだった。

……恥ずかしいなあ。

いいことのはずなのに、なんか嫌だなあ。

「これがいつも……私の中に入ってるのよね。こんなに、たくさん……」

「いやちょっと、そんなエロいこと言わないでくださいって……」

「なっ……⁉　エ、エロくないわよ！　私はただ……真面目に生命の神秘を実感してただけで……こ、こういうことをエロいって言う方がエロいの！」

プリプリ怒る桃生さん。

いや……本当、なんなんだろうなあ。

もうなにが真面目で、なにがエロいのかわかんなくなりそうだ。

「んんっ……。じゃあ次は、この精液をピックでプレートに塗布して——」

「それは俺がやります！」

「わ、わかった……。私はアプリの方準備しておくわね」

危ない危ない。このまま目の前で精液の塗布までやってもらったら……ちょっと恥ずかしさで死んでしまいそうだ。

説明書を横に置きながら、慎重に精液をプレートに塗布した。

アプリの方もすぐに準備が終わり、プレートとルーペをスマホにセットする。

いよいよだ。

俺の精子の状態が、いよいよわかる。

……どうしよう。今更になってちょっと緊張してきた。

もしこれでなにか異常が見つかったら——

「……っ」

祈るような気持ちで、スマホの画面を覗《のぞ》き込む。

そこには――レンズで拡大された俺の精子が映っていた。

オタマジャクシみたいな形状をちゃんと確認できる。

いくつも存在するそれらは――画面の中で忙《せわ》しなく動いていた。

「これ……動いてますよね」

「動いてるわね、かなり」

その後、アプリでの検査結果を確認する。

「精子の数も運動量も問題なし。実沢くんの精子は健康そのものみたいね」

「……よ、よかったぁ」

深く息を吐き、胸を撫《な》で下ろす。

緊張が解けて体から力が抜け、ソファに深く倒れ込んだ。

本当によかった。

もしもこれで結果が悪かったら、ちょっと人生についていろいろ考え直さなければならないところだった。

桃生さんとの関係も当然解消となっていただろうし。

「大丈夫？」

「あはは……なんかドッと疲れちゃいましたね」

力なく言うと、桃生さんは小さく苦笑した。

「ありがとね、私のために。こんな検査、もう二度と頼まないから安心して」

「………………」

ああ、そうか。

もう二度としなくていいのか、この検査。

問題がなかったなら、わざわざもう一回する必要はないよな。

ふむ。ふむぅ……。

「……もう一回ぐらい、やってもいいんじゃないですか？」

「え？」

「念のため、もう一回ぐらい」

「……悪い結果が出たなら再検査もわかるけど、問題がなかったなら、わざわざ何度もやる必要はない検査だと思うけど」

「で、でも……今後俺の状態が急激に変わることもなくはないじゃないですか。定期的にやるようにしても、お互い損はないような……」

「………………」

俺がちょっと必死になってしまったからだろうか、桃生さんは訝《いぶか》しむような目でジーッとこっちを睨《にら》んできた。

「……実沢くん、まさか」

やがて、恐ろしく冷たい声で告げる。

「また私に、精液の採取を手伝ってもらおうとしてる？」

「……っ。そ、そんなことはありませんよ……」

憤怒が滲《にじ》む目で睨まれ、思わず目を逸《そ》らす。

直後、俺の頭頂部にチョップが炸裂《さくれつ》した。

「いたっ……パ、パワハラですよ、桃生課長……」

「業務時間外だし、仕事に関係ないことなのでパワハラじゃありません」

ツンとした口調で続ける。

「まったく……本当に変態なんだから、実沢くんは。あれをまたやってほしいなんて……ど、どういう趣味をしてるのよ……？」

呆《あき》れたような困惑したような口調で言いながら、桃生さんは検査キットの片付けを始めた。俺も精液だけは自分で処理したかったので、慌てて手伝う。

実沢春彦《はるひこ》、二十三歳。

精子の状態――良好。

子作りのペアリング関係は、今後も継続できそうだった。

第二章　桃生課長の悶々

ベッドの上――

私と彼が、裸のまま寝そべっている。

一戦を交えた直後であるため、お互いに息は荒い。

ペアリングが始まってから、もう何度彼と交わっただろう。

未経験ゆえに最初はなにかと拙かった彼も、経験を重ねるうちにどんどん上達してきている。私がリードせずとも一通りのことはできる。

それどころか。

最近じゃむしろ、私の方が――

「……シャワー、浴びてくるわね」

ベッドから降りようとしたところで、

「待ってください」

彼に手を摑《つか》まれた。

「すみません。俺……まだ、物足りないんですけど」

「……っ」

申し訳なさそうでありながら、でも強い欲求が滲む声。

隠そうともしない剝《む》き出しの性欲をぶつけられ、言いようのない気恥ずかしさと羞恥が胸にこみ上げてくる。

「……ダメよ。明日も早いんだから。今日はもう、おしま——えっ」

手を振り払おうとした瞬間。

強く——手を引っ張られた。

「きゃっ」

強引に抱き寄せられ、後ろから抱き締められる体勢となった。

「ちょっと……実沢《さねざわ》くん」

「無理ですよ、我慢できません……。こんなエロい体見せられて、たった一回で我慢できるわけないじゃないですか」

「な、なにを言って——っ」

背後から伸びた腕が、乳房を鷲摑《わしづか》みにした。力はかなり強め。しかし私の体はなぜか、それを痛苦とは感じなかった。

「……や、やめなさい！　もう……本当に怒るわよ」

怒鳴ろうとするも、声が上手《うま》く出ない。敏感な部分に触れられているせいで、体からも力が抜けていく。

やがて彼は——

力尽くで私を持ち上げたかと思うと——四《よ》つん這《ば》いの姿勢にさせた。

「……い、いやああ！」

「うわ、ヤバい……エロすぎですよ、桃生《ものう》さん。デカいケツが全部丸見えだ」

「……や、やっ。やめなさい！　嫌よ……こんなの」

「本当ですか？」

らしくもない嗜虐《しぎやく》的な声で言う。

「なんだか、喜んでるように見えますけど？」

「ち、違う、違うの……！　喜んでなんかない……！」

必死に拒絶しようとするも、体が動かない。嘘《うそ》。どうして。まさか、本当に、喜んでるの？　こんな風に無理やり強引にされることを、心のどこかで望んでいたっていうの？

実沢くんは背後から私にのしかかるようにし、いきり立ったものを——

そこで目が覚めた。
「〜〜〜っ」
起床直後から頭を抱える。
自己嫌悪と羞恥心で死にそうになる。
ええぇ……えええええええっ⁉
な、なんて夢を見てるのよ、私は⁉
恥ずかしい。死にたい。穴があったら入りたい。
単にエッチな夢ならまだしも……実沢くんが鬼畜になってるのがキツい。
違うっ！
違うのよ！
こういうのが私の趣味ってわけじゃないから！
時には強引に攻められたい願望とかないから！
これは、えっと……そうっ。
昨日寝る前にたまたま読んじゃった、ちょっとエッチな女性向け漫画のせいよ！

まったく……なんか最近、やたらとエロ系の広告が回ってくるのよね。精液検査についていろいろ調べちゃったせいかしら……？

そう、うん。そうなのよ。

たまたま、本当にたまたま。

別にそういう漫画が読みたかったわけじゃなくて、たまたま広告が目についたからうっかり押しちゃっただけで……別にその漫画が『バリキャリ美人上司は、後輩男子にベッドで溺愛される』ってタイトルだから興味持ったわけでもないし。全然自分を投影したりもしてないいし。漫画の後輩男子が意外と鬼畜だったからって全然興味ないし。まあ……うっかり全巻買っちゃったけど、それはあくまで出版社営業として市場調査のために買っただけで、漫画自体はリアリティがなくて全然楽しめなかったし――

「……って、まずい。時間っ」

一人頭を抱えて言い訳してたら、結構な時間が経過してしまっていた。

私はベッドから飛び降りて、出勤の準備を始める。

課長ともなると、仕事なんて基本的にいくらでもある。

中間管理職としての雑務が無限にあると言ってもいいだろう。

昇進直後は正直仕事量に押し潰されそうだったけど、一年も経《た》つ頃にはだいぶ摑めてきて、二年経つ頃には少し余裕もできてきた。

いい意味での手の抜き方……どこまでを部下に任せて、どこからは自分が動くかのメリハリや緩急を覚えてきたというか。

八月某日。

今日も私は、課長席でパソコンと睨めっこしている。

膨大な業務を流れ作業的にこなしつつ……頭の中ではいろいろと、ここ最近のことについて考えが巡る。

仕事面は、概《おおむ》ね順調と言っていいでしょう。

大きな問題もなく課を回せている。

ただ一点……虎村剛心《とらむらごうしん》の自伝本に関しては、本当に悔しい思いをしてるけど。書店の動きがかなり悪いせいで、すでに大量の返本が届いている。ああ、悔しい。映画さえポシャらなきゃどうとでもやりようはあったのに……！

そして——仕事以外。

プライベートに関して。

「…………」

ちらり、と。

作業の傍《かたわ》ら、一瞬だけ顔を上げ、実沢くんの席を見る。

目は合わない。

真剣な顔でパソコンの画面を見つめている。今日は朝からずっと事務作業に追われているようだった。今朝の夢を思い出してしまい、一瞬変な妄想をしてしまいそうになるが……慌てて必死に頭を切り替える。

今現在——私のプライベートにおいて大きな割合を占める要素。

実沢くんとのペアリング。

こちらも……まあ、順調と言っていいでしょう。

未《いま》だに妊娠には至ってないけれど、回数自体はこなすことができている。

精液検査の結果も問題なかったし。

実沢くんは本当によく頑張ってくれていると思う。

私がお願いすれば、毎回家まで来てくれる。そして一回でも十分なのに、一晩に何回も……あっ、いや、そこまで細かい話はよくて！

とにかく——彼はよくやってくれている、という話。

でも。

頑張ってくれている彼だけど……実は一つだけ不満がある。

それは、それは――


実沢くんからは一回も誘ってくれたことがないこと！


……いや、わかってる。重々承知してる。

こんなのを不満に思う方がおかしいって……！

私の都合で私の妊活に付き合ってもらってるわけだから、こちらが主導になるのは当然だと思う……でも、でも。

そろそろ一回ぐらい、向こうからお誘いがあってもいい頃じゃないかしら？

年頃の男なんて……ねえ？

きっと、その、ねえ？

日夜そういうことばかり考えてるものなんでしょ、たぶん。

それなのに……彼の方からは全くそういう誘いをしてこない。

全然メッセージをくれない。

最初に「フランクにしよう」って言ったのに。

「実沢くんの方から、誘ってもいいから」って言ったのに。

社用車の中で、サラッとだけど言ったのに……！

……いやっ、もちろん、こんなことで悩む方がおかしいのはわかってる。

責めたいわけじゃなくて……心苦しいというか。

彼が慎み深すぎてモヤモヤするというか。

……慎み深くはないか。

いざ始まるとすごく積極的だし……ところどころ変態性を覗《のぞ》かせてくることもあるし。

人並みの性欲……あるいは、人並み以上の性欲を持っているのは間違いない。

だからこそ……常に受け身な姿勢がちょっと気になってしまう。

そう、つまり私は「謙虚も度が過ぎるとどうなの？」という指摘をしているのであって
……決して「私って、わざわざ誘うほどの魅力はないのかしら？」とか『抱きたくなったら連絡して』と言ったのに連絡がないってことは、わざわざ連絡するほどの相手ではないってことかしら？」とか、そういう面倒臭いことで悩んでいるわけではなくて――

「桃生課長」

「――っ。な、なにかしら、実沢くん？」

突如、声をかけられ、大いに動揺する。

必死に表情筋をコントロールし、どうにか真顔のまま反応する。

「さっき送った、編集部から頼まれてる売り上げデータなんですけど」

「ああ、ちょっと待って。さっき目を通したから」

鼓動はまだまだ跳ね上がってるけど、いつも通り応対する。

まさかこのタイミングで実沢くんから話しかけられるとは……。

「――となるから、この辺り、もっとわかりやすく数字をまとめるようにして。あと直近で似たような企画をやったときの数字もあれば載せておくといいわ。その方が差が比較しやすいから」

「ああ、なるほど」

「言われたことをやるだけで満足しちゃダメよ。できる社会人は、どんどん自分から考えて動くの」

「は、はい、気をつけます」

「……そう。自分から、ね。自分から動くのよ、実沢くん」

「はい……」

「指示待ち人間になるのはよくないわ。何事も受け身なだけじゃダメ。頼まれたからやるってだけじゃ、頼んだ方も段々不安になってくるし……。いつもどっちかだけが頼んでるっていうのも、やっぱりバランスが悪いっていうか」

「……えっと」

「だからね、誘われるのを待ってるだけじゃなくて、たまには、むしろあなたの方から誘ってやるぐらいの男らしさを見せても……」

「さ、誘う……？」

あれ？

私、今、なんの話してる!?

「……と、とにかくしっかり頑張りなさいってことよ！　ほら、話はもう終わったから、戻る戻る！」

「わ、わかりました」

強引に突き返すと、実沢くんは不思議そうな顔をしながらも席へと戻っていった。私は下を向き、大きく息を吐き出す。

ああ、もう。

いったいなにやってるのかしら、私……。

定時に仕事を終えた後――

私は駅前の百貨店へと向かった。

有名なハイブランドが多く入った、高層の商業ビル。

エレベーターに乗り、目的の階まで昇っていく。

女性向けブランドが立ち並ぶフロア。

誰もが知ってるぐらいメジャーなハイブランドショップを通り抜け、私は目当ての店まですぐに歩いて行く。

フロアの奥の方にある、とあるショップ。

そこに入ろうとしたところで、

「――あれ？　結子《ゆいこ》」

聞き覚えのある声がした。

振り向くと、友人の香恵《かえ》がこちらに駆けてくるところだった。

「うわー、すごい偶然。会社帰り？　買い物？」

「そんなとこ」

犬飼《いぬかい》香恵。

すごく犬を飼いそうな名前だけど、趣味は爬虫類《はちゆうるい》飼育。

仕事はダンスのインストラクター。私にとっては数少ない……本当に数少ない、仕事抜きで付き合いが続いている友人となる。

「香恵も仕事帰り？」

「今日は休み。一日適当にあちこちブラブラしてて、最後ちょっと買い物でもしてこっかなーって思ったとこ。結子も買い物？」

「ええ、まあ……」

「ふうん」

香恵は顔を上げ、私が入ろうとしたショップを見つめる。

そこは——ランジェリーショップだった。

女性向け下着の専門店。

そう。

私は今日、下着を買いにきたのである。

「はぁー、なるほど」

「……なによ」

「いや別に」

うう……ちょっと恥ずかしい。

別になにも悪いことしてるわけじゃないんだけど。

「よし。んじゃ、入ろうか」

「え？　ちょ、ちょっと……なんで香恵まで」

「せっかく会えたんだし、買い物ぐらい付き合いますよー」

「いいわよ、別に……」

友達と一緒に下着を買うなんて。

そんな高校生みたいなことを、三十超えてやるのはちょっと……。

「まあまあ。いいからいいから」

香恵が率先して店内に入っていくので、私も後に続く他なかった。

幸か不幸か、他に客はいなかった。

様々な種類の女性用下着が、ずらりと並ぶ店内。

淡い色のものや濃い色のもの。見とれてしまうほど見事な刺繍《ししゅう》が施されているものや、比較的シンプルなもの。ちょっと過激なデザインのもの。それなりに値段の張るショップだけあって、品揃《しなぞろ》えは豊富だった。

「結子ってこんないいとこで下着買ってたんだねー」

「……こういうとこに来ないと、サイズがないのよ」

　私がぼそりと言うと、

「はぁー、あぁー、そりゃそうですよねー……」

　驚いたような、引いたような、からかうような、なんとも言えない表情となって、香恵は私の胸部を凝視してきた。

　私が少し気になったブラジャーを一つ手に取ってみると、

「デ、デカっ……！　え？　なにそれ？　メロンを二つ運ぶ道具？」

「……そろそろ追い出すわよ？」

「あははー、ごめんごめん」

　強めに注意すると、香恵はやっと静かになってくれた。

　二人で真面目に下着を吟味していく。

　さて。どういうのにしようかしら。

「てかさー」

　ふと香恵が言う。

「新しい下着を買いに来たのってもしかして……例の年下男子くんのためだったりする？」

「……っ」

一瞬、動きが止まってしまう。

ペアリングに関しては——もちろん香恵にも内緒。

実沢くんのことに関しては『仲良くなってセックスまでした若い相手がいる』とだけ説明している。

……ツッコミどころ満載な説明だとは思うけど、香恵はそういうのを根掘り葉掘り訊《き》いてこないタイプなので助かっている。

「……ま、まあ、そんなところよ」

「あはー、やっぱりね」

にんまりと笑う香恵。

誤魔化そうかとも思ったけど、余計墓穴を掘りそうだったからやめた。

実際……その通り。

今日は男性に見せてもいい下着——いわゆる、勝負下着を買いにきた。

元々、そこまで下着の種類を持っているわけでもない。男性とそういうことになっても問題ない下着なんて、本当に数が限られている。

実沢くんにペアリングをお願いするときは、大人の女性の嗜《たしな》みとして毎回きちんとした下着を身につけるようにしてきたけど……いい加減、ストックが尽きてきた。

このままでは「あれ？　この下着、前も見たな。もしかしてこの人、あんまり下着持ってないのかな」と思われてしまう可能性がある。

だから今日、こうしてちゃんとした下着を買いにきた。

そう、あくまで大人のマナーとして。

決して、下着で彼を悩殺しようなんて考えてない。

決して。

「わかるわかる。エッチな下着で悩殺してやりたくなっちゃったわけね」

……もう面倒なのでツッコまない。

「いやー、いいねいいね。そういう気持ち、懐かしいなあ。あー、私も早くいい男見つけたいなー」

「……でも実際、どうなのかしらね？」

ふと私は言う。

「女が下着で着飾る意味って、あるのかしら？」

「うん？　どういうこと？」

「だって……そういうことするときって、基本的に部屋を暗くすることが多いわけじゃない？　そうなったら下着の細かいところなんてよく見えないし……そもそも、すぐ脱いじゃうことも多いし」

「あー、確かにねー」

同意する香恵。

「じーっさい、男ってそこまで見てないし、そこまで興味ないのかもね。私もさ、気合い入れた勝負下着つけてったとき……下を全部いっぺんに脱がされると、『おいっ！』ってツッコみたくなるもん。『一回、ちゃんと見ろや！』って思う」

「そこまでは思わないけど……」

でも、ちょっとはわかる。

凝視されたら困るし恥ずかしいけど、ちょっとは見てほしい。

せっかくの勝負下着なんだから。

せっかく着飾っているのだから。

「ま、結局のところ、女のファッションなんて全部自己満足って割り切って考えた方が健康的かもね」

まとめるように、香恵は言う。

「服も下着も、あと筋肉も。他人に媚《こ》びるためじゃなくて、自分のために自分を綺麗《きれい》にしてるんだから」

「それもそうね。大事なのは自分がどうありたいかだから」

「そうそう……。……はあ」

意気揚々と頷《うなず》いた後、急に落ち込む香恵。

「ど、どうしたの？」

「いやなんか……めちゃめちゃ三十代独身女子っぽい会話しちゃったな、と思って。『男に媚びない！』『他者に依存しない！』『全ては自己投資！』みたいなノリが……」

「……悲しいこと言わないでよ」

その後、何着か気になった下着をフィッティングし、私は一組の下着のセットを購入することにした。

誰のためでもない。

自分のための勝負下着を。


そのままの流れで香恵と夕飯を一緒に食べることとなった。

百貨店の地下にあるレストラン街へと足を運び、比較的空いていた海鮮料理の店に入る。

個室に通されたためか……酒が入っているわけではないのに、どんどん人には言えない下世話な話で盛り上がってしまう。

一通り食事が終わって、食後に出されたお茶を飲んでいたタイミングで。

下世話な話の流れから、私は一つの相談を口にしてしまった。

「えー？　例の年下男子くんが、全然誘ってくれないって？」

困ったように笑う香恵。

相談内容は……今日の仕事中、悩んでいたこと。

話すつもりはなかったけど、香恵が実沢くんについてあれこれと尋ねてくるから、つい
うっかり口に出してしまった。

「ふむふむ。つまり……欲求不満ってこと？」

「そ、そういうことじゃなくて」

湯飲みのお茶を一口飲み、私は言う。

「……別に回数が足りないとかそういう話じゃないわよ……。ただ私から誘うことがほとんどで、彼からは全然誘ってこないのが……なんか不平等っていうか、ズルいっていうか」

「あー……なるほど」

「古い考えかもしれないけど……や、やっぱりこういうのって、男の方から誘ってきてほしいみたいなの、あるでしょ？」

「古い考えだねー」

「……っ」

　そ、そこまでバッサリいかなくても……。

　バッサリいかれた。

「いやまあ、気持ちはわからなくもないけどね。要するに女のプライド的な話っしょ？　私には誘うだけの魅力がないのかなあ、っていう」

　しみじみと言う香恵。

「向こうからの誘いがないと、いろいろ不安になってくるよねえ。こっちだって誘うときは結構勇気出したりしてるのに。それこそ、わざわざ勝負下着を準備してたりするわけだしさ」

「そ、そうなのよっ」

　激しく頷いてしまう。

　ペアリングの誘いは、すでに何度も私からやってるけど……決して平気の平左というわけじゃない。会って誘うときも、文章で誘うときも……毎回頭を使っているし、勇気を振り絞っている。

　断られたらどうしよう、嫌がられたらどうしよう。

そんな葛藤や苦悩を悟られぬよう、必死に無感情なフリをしている。

「まーったく、世の中ってのはままならないよねえ。若い頃は『なんで男って、会えばセックスすることしか考えてねえの？』って思ってたのに、年取ったら『なんでこの男、セックス誘ってこねえの？』で悩むようになるんだから……」

悔しげに語る香恵だったけど、

「……ん？」

ふと疑問の声をあげた。

「あれ？　でも結子の相手は若いんだったよね。二十代前半とか。じゃあ加齢で性欲減退してるパターンは違うわけか……」

「……結局、わざわざ誘うほどの相手じゃないってことなのかしらね」

彼にとっての私は、恋人でもなければ結婚相手でもない。

十近く年上の職場の上司で、普段はお説教ばかりしてくる相手。

頼まれて、誘われて、お願いされて。

自分から動かずとも簡単に抱けるシチュエーションだから、抱きたいだけ。

わざわざ誘ってまでする義理なんて――

「あるいは――逆かもね」

香恵は言う。

「逆？」

「そう簡単に誘えないぐらい、結子のこと大事に思ってるんじゃない？」

「…………」

「本当はやりたくてやりたくてタマんないんだけど、体目当てだと思われたら嫌われちゃうかもー、ってビビって誠実さをアピールしてる感じ？」

「…………」

思わず——言葉を失ってしまう。

軽い口調で言われた言葉が、不思議なぐらいストンと腑《ふ》に落ちた。

「事情はよくわかんないけどさー。もうとっととその子と付き合っちゃったらいいんじゃないの？　話聞く限りじゃ普通にいい子そうだけど」

「……いろいろあるのよ、こっちにも」

言い切り、私はお茶の残りを飲み干した。

香恵と別れ、自宅へと帰ってくる。

スーツから部屋着に着替えた後――

買ってきた下着を、なんとなくベッドに並べてみた。

「……んー」

どうしよう。

なんか……思ってたよりエッチかも。

結構際どいのを買っちゃったかもしれない。

おかしい。なんでこんなの買っちゃったんだろう。自分のために、自己満足のために買おうって思ったはずなのに……！　ああもう、香恵に相談したのが悪かった。二択で迷って相談したら、全部際どい方を薦めてきた気がするし。

「………」

買ってきた下着を見つめながら香恵とのやり取りを思い出していると――ふと、食後に言われた言葉も脳裏に浮かんだ。

――そう簡単に誘えないぐらい、結子のこと大事に思ってるんじゃない？

大事に思ってる？

実沢くんが、私を？

私なんかを？

そんなわけない、と思う反面……ありえるかも、と思ってしまう自分もいた。

「……バカね」

つい口に出し、つい笑ってしまう。

もしも香恵の言ってたことが本当なら——実沢くんが、私のことを大事に思いすぎて誘えないというなら。

そんな……生まれて初めてできた恋人にいつ体の関係を迫るか迷ってる高校生みたいな葛藤を抱いているとしたら。

もしそうなら……なんだかとてもくすぐったい気持ちになってしまう。

あれこれ悩んでた自分がバカらしくなる。

私のことなんて、大事に思う必要なんてないのに。

どれだけ蔑《ないがし》ろにしてもいいのに。

都合のいいセフレみたいに扱えばいいって、頼んだはずなのに。

私みたいな女は——こんな自分のことしか考えてないような女は、彼に優しくしてもらう資格なんてないのに。

「……はあ」

どれだけ思い悩んでも、実沢くんの本音なんてわからない。

でも少しだけ気分はすっきりした。うん。もうどっちから誘うだの誘わないだの、そんなくだらないことで悩むのはやめましょう。

彼から誘ってこなくても、これまで通り私から誘えばいい。

それが私達の関係で、私達の契約。

私達の——ペアリング。

多少のスッキリ感と新たな決意を胸に、私は彼にメッセージを送った。

『明日の夜
もし用事がないのであれば
ペアリング、お願いできるかしら？』

夜の挨拶を簡素に述べた後、いつも通りの文面で要望を伝えた。

ベッドの上の下着を見つめる。

早速、これの出番がやってきそうね。いや別に、この下着を早く見せたいから誘ったわけじゃないけど。たまたまそういうタイミングなだけで——

などと考えていると……すぐに返信が来た。

実沢くんはいつも返信が早い。

そして急な誘いだったとしても、いつも快く――

『すみません
本当に申し訳ないんですが
明日の夜は、先約がありまして……』

「……っ」

がっくりと肩が落ち、スマホを落としそうになる。

新たな決意で一歩踏み出した矢先、いきなり足を挫《くじ》いたような感覚。

ペアリングを断られたのは、これが初めての経験。

急な誘いだったし、別に相手を責めるつもりは全くないけど……なるほど。これは結構メンタルに来るかもしれない。

要するに、セックスを誘って断られたのと同じなのだから。

新品の勝負下着の出番は、もう少し先になりそうだった。

第三章　鹿又美玖の僥倖

週末の夜。

いつも利用する飲み屋街は、この日も多くの人で賑《にぎ》わっていた。

会社帰りだと思われる人達が、あちこちの居酒屋に吸い込まれていく。

目的の店へと向かいながら、

「……はあ」

と俺は小さく息を吐いた。

今日は前々から、同期との飲み会の予定が入っていた。

以前、同期の鹿又《かのまた》が『同年代の恋人いない同士で飲もう』的な企画をしていると聞いていたけれど、途中からその幹事が轡《くつわ》へと移り、その結果、普通に同期で飲む形へと変わっていったそうだ。

俺は元々飲み会というのがあんまり好きじゃないのだけど……過去に何度も断っている

ため、今回は参加することにした。

でも。

まさか、こんな日に限って——滅多《めった》に行かない飲み会に参加を決めた日に限って、桃生《ものう》さんからペアリングの誘いがあるなんて……！

ああ……クソぉ。

事前にわかってたら絶対に桃生さんの方を優先したのに。

飲み会をドタキャンしようかとも思ったけど、今回はやたら轡から念入りに誘われたんだよな。どうしても来てほしいって。飲み会の方が一週間も前から予定が入ってたので、今回は先約を優先することにした。

桃生さんに事情を説明すると、

『そう。

ならしょうがないわ』

と素っ気ない返事をくれた。

悪いことをした気分になる。

申し訳なく思うし……ていうかシンプルに悔しい。彼女からの誘いだけが、俺にとって唯一プライベートで彼女と過ごせるチャンスなのだから。

まあ、もっと自分から誘ってみてもいいのかもしれないけど……いやあ、でもなあ。やっぱり恐れ多いよなあ。こっちから『今日、家行っていいですか？』とはなかなか切り出せないよなあ。

俺達の場合、要するに『今日、セックスしに行っていいですか？』って言ってるのと同じになるわけだから。

あれこれと悩みつつ歩いていると——

「あっ。実沢《さねざわ》くんっ。こっちこっち」

目当ての居酒屋の前で、先に来ていた鹿又に声をかけられた。

「おっす。まだ鹿又だけか」

「うん、私だけ」

挨拶しつつ、鹿又の背後にある居酒屋を見てみる。

「……なんか洒落《しゃれ》たとこで飲むんだな」

落ち着いた感じの店構えに、フランス語っぽい店名。

よく飲み会で利用する大衆居酒屋とは、雰囲気が全然違う。

「そうだねー。私も途中から轡くんに幹事任せちゃったから、よくわかってないんだけど。何人来るかも聞いてないし」

「ふうん。そうか」

そのまま二人で、雑談しつつ他のメンツが揃《そろ》うのを待つ。

しかし。

午後七時——飲み会の開始時刻になっても、俺達以外は誰も来なかった。

幹事の轡すら来ていない。

「……あれ？　私達、店間違えた？　ここで合ってるよね？」

「ああ。時間も店も間違ってないはず……」

二人で轡から送られてきたメッセージと店の住所を見せ合うが、おかしな部分は見つからなかった。この時間、この店で合っている。

「俺、ちょっと轡に電話してくるよ」

鹿又から少し離れて、幹事である轡へと電話をかける。

コール数回で、相手が出る。

そこで返ってきた言葉は——予想外のものだった。

「……は？」

驚きの余り、言葉を失いそうになる。

「ど、どういう意味だよ、轡？　飲み会、もう始まってるって」

『そのまんまだよ。こっちはこっちでもう飲み始めてるってこと』

軽い口調で言う。轡の声に交じって、大人数の笑い声みたいなものも聞こえてくる。どこかの居酒屋の中にいるらしい。

「……いやいや、意味がわからん。どういうことだ？　俺と鹿又だけ店、間違えてるってことか？　でも……さっきちゃんと確認して」

『まあだから、なんつーのかさあ』

ちょっと言いにくそうにしつつ、轡は言う。

『お前と鹿又にだけ、違う店の場所を送っといたんだよな』

「……は？」

『要するに、他の連中は普通の居酒屋で飲み会やるようにして、お前と鹿又の二人だけ、そこの店に行くようにしたってこと。ああ、名前は「実沢」で二名で予約してあるから』

話を聞いても、全然意味がわからなかった。

俺と鹿又だけ――ここに来るように仕向けた？

他の連中はすでに別の居酒屋で飲み始めているって……まあ、幹事をやってた轡なら、やろうと思えば簡単にできることだろうけど――

「な、なんでそんなことを？」

『んー……なんて言えばいいんだろうなあ。まあ、率直に言えば……お節介？』

軽いノリで続ける。

『今回の飲み会、最初は鹿又が幹事やってたのは知ってるだろ？』

「ああ。途中からお前に幹事が替わったって……」

『それでいろいろ話してたんだけど……そもそも飲み会を企画してた理由が、鹿又がお前を誘いたかったからっぽくてさ』

「……え？」

鹿又が、俺を？

『いや、直接言われたわけじゃないんだけどさ。話聞く限り、どうもお前狙いなのは間違いない感じで。どうにかお前が参加しやすいスケジュールにしようとか、さりげなくそういうことやってて』

「………」

『そういう奥手で回りくどいアプローチを知っちまったら……なんか、まどろっこしくなっちまってな。面倒だから二人で飲み行けよ一回、って思って俺がちょいと企《たくら》んでみたわけよ』

「……ちょ、ちょっと待てよ」

まだ頭が追いつかない。信じられないという感情が大きい。

「鹿又が頼んだわけじゃないんだろ？　じゃあ、お前の勘違いって可能性も……」

『あるな。でもまあ、俺の勘違いだったところで別に誰が困るわけでもねえし』

「………」

『これでお前が、誰か他の女を狙ってるとかだったら悪いとも思ったけど……特にそういうわけじゃないんだろ？』

「……っ」

『だったらいいじゃねえか』

ああ、そうか。

前に飲んだときに、桃生課長について少し探りを入れてきたのは、裏でこの件を動かしてたからだったのか。

『まあまあ、そんな難しく考えんなよ。今日中に告白しろだの付き合えだの、そんな踏み込んだ話じゃねえからさ。二人でちょっと飲んでみろってだけの話だから』

こっちの気も知らずに、轡はやはり軽いノリで言う。

『と言ってもまあ……立派な大人である二人が酒飲んで意気投合した後にどうなるかに関しては、自己責任でお願いしたいけどね』

最後はそんな下世話な一言で、電話は終わった。

俺はなんとも言えない気持ちのまま、鹿又の元へと戻る。

「あっ。どうだった？　轡くん、なんて」

「……えっと」

問うてくる鹿又に、俺は電話の内容を説明する。

俺と鹿又を二人きりにしようと轡が画策した……なんてそのまま伝えるのは気まずかったので、どうにか誤魔化《ごまか》しつつ伝えようとしたが、

「……え？」

話を聞き終えた鹿又は、全てを悟ったかのように顔を赤くした。

問題があるのかないのかと言えば、特にないのだろう。

俺も鹿又も独身だし、交際相手もいない。

二人きりで飲んだところで、誰に負い目を感じる必要もない。

そう、騒ぐほどのことじゃない。

この程度でデートだの交際だのと騒ぐのは、中高生ぐらいだろう。まあ……中高とまと

もに恋愛してこなかったから、予想でしかないけど。

「えーっと、とりあえず……乾杯ってことで」

「お、おう。乾杯」

どことなくぎこちない空気の中、とりあえず俺と鹿又は乾杯する。

店内は黒を基調とした落ち着いた雰囲気で、ジャズっぽいＢＧＭが流れている。居酒屋というよりはバーに近い感じだった。

轡に言われた通り予約していた旨を伝えると、案内されたのは店の奥にある個室だった。あいつはいつもこういう店で狙った女を口説いているのかなあ、と益体もないことを考えてしまう。

「……やー、もう、どうしようね。あはは。なに話そう」

ハイボールに口をつけた後、鹿又は困ったように笑った。

「なんかごめんね、私のせいで」

「鹿又は悪くないだろ。悪いのは全部轡の奴《やつ》で……」

「あ、あんまり深く考えないでねっ。そりゃ確かに、実沢くんと飲みたいなってはちょっと思ってたけど……ほんと、大した意味はないっていうか。ほ、ほら、前に仕事手伝ってもらったお礼的な！　うんうん、そうそう、あくまでお礼の意味で飲みたかっただけであって……」

「わかってるって」

できるだけ平静を心がけて言う。

「思春期の子供じゃあるまいし、このぐらいでいちいち勘違いしたりしないよ」

「……はは。そうだよね。お互い大人なんだし……」

鹿又は明るく笑って言うけど、その後、少し沈黙した。

数秒の間があってから、グラスのハイボールに口をつける。

そして勢いよくグビグビと飲んだ後に、

「……嘘《うそ》。やっぱり、ちょっとぐらいなら勘違いしていいよ」

と付け足した。

顔を赤くして、そっぽを向くようにしながら。

「え？」

「だって実沢くん、マジでなんもなかったことにしそうなんだもん」

「………………」

「ここまで恥ずかしい思いしてるのに、全部なかったことにされるのもシャクだしさ。いいよ、勘違いしてて」

「この後、一週間ぐらいは自意識過剰に悶々《もんもん》としてよ。『あれ？　こいつ、もしかして俺のこと好きなんじゃね？』ってさ」

「な、なんだよ、それ」

「あっ。困った顔してる。あははっ、やったー。攻守逆転っ」

どこか吹っ切れたように笑う鹿又。アルコールを勢いよく摂取したせいなのか、その顔はすでにかなり赤くなっていた。


その後は最初の気まずさが嘘のように、鹿又は饒舌《じょうぜつ》になっていった。

俺の方もアルコールは久しぶりだったので、いい感じに酔いが回り、楽しく会話することができた。

「そういえば実沢くん、さっき『子供じゃあるまいし』って言ったけどさー……。じゃあ逆に、大人の恋愛ってどうするんだろうね？」

ふと鹿又は言う。

「実沢くんって、誰かに告白したこととかある？」

「……ノーコメントで」

「あはは。なさそうな答え」

笑われてしまった。

事実、告白したこともされた経験もない。

「私はあるよ」

鹿又は言う。

「中学生のときだったかなー。好きな先輩がいてさ。一生懸命ラブレターみたいなの書いて、校舎裏に来てもらって、そこで『好きです』って伝えて……あえなく玉砕、みたいな。そういうベタなことやってた」

確かにベタっぽいことだった。

「でもさ、ベタもバカにできないよねえ。なんだかんだ優秀なシステムだと思うのよ、学生特有の告白イベントって」

「………………」

「なんて言ってもわかりやすいじゃん。付き合いたかったら告白しろ。そんで必ずイエスかノーで返答しろって」

「……そうかもな」

優秀と言えば優秀だ。

学生特有の告白システム。

まあ中には学生のうちから『言わぬが花』みたいなムーディな恋愛をしてる連中もいなくはないのだろうけど、おそらく少数派だろう。

大多数の学生が、いわゆる告白システムに則《のっと》って恋愛をしているのだと思う。

「それなのに社会人になった途端、『いちいち改まった告白とかやめましょう』ってノリになるわけじゃん？」

「……まあ、して悪いわけじゃないんだろうけどな」

「でもあんまりいないよー？『好きです！付き合ってください！』みたいな青臭い告白イベントやってる人。みんな、二人で飲み行って、二人で遊び行って、何回かデートして、『じゃあ付き合う？』……みたいな流れで」

「………………」

告白というシステム自体、日本特有のものだと聞いたことがある。

海外では告白の代わりに、デーティングというお試し交際の期間があるそうだ。

告白してある日からいきなり恋人になるわけではなく、一定の曖昧な期間でワンステップ踏んでから恋人へと昇格する。

そういう意味で考えると――社会人の恋愛は、欧米のスタンダードなシステムに近くなるのかもしれない。

告白を契機に関係性がはっきりする学生恋愛とは違う。

曖昧で、有耶無耶《うやむや》で、フワフワとしてて。

なんだか全体的にはっきりしない。

結婚まで行けば一気に明暗くっきりとなるのだろうけど、そこまでの過程はひどく不明瞭なものとなってしまう。

まさに今俺が、とある女性と、恋人でも婚約者でもない、なんなのかよくわからない関係性で思い悩んでいるように。

「最近は職場の告白もハラスメントって言われたりするしねえ」

「それ、言われるのは男からの告白じゃないか？」

「いやいや、女でも同じでしょ。女上司が新人に告白したって、やっぱり圧力みたいなもんは生じるし。むしろ『せっかく女側が勇気出して告白したのに』みたいな空気も出てこない？　相手が嫌がったら立派なハラスメント」

「あはは……」

笑うしかなかった。

桃生さんとのあれこれを思い出してしまう。

告白されたわけではないけど、いろいろな頼み事はされた。

俺にお願いするときの桃生さんは、全体的にすごく遠慮がちで気を遣ってたような気がする。やっぱり彼女も、万が一にもハラスメントにならないようにと気にしていたのだろうか。

「本当……面倒だよねえ、大人の恋愛って」

しみじみと言ってくる鹿又に、俺は小さく頷《うなず》くことしかできなかった。

本当に——面倒臭い。

単に好きとか嫌いとか、それだけじゃ終わらないのだから。

第四章　鹿又美玖の人生

私は——鹿又美玖《かのまたみく》という人間は。

自分のことを、要領のいい人間だと思っていた。

幼少期からなんでもある程度上手《うま》くやれた。

と言っても、天才や神童ってほどではもちろんなくて……勉強も運動も、そこまで努力せずとも、そこそこできたってだけの話。

そこまで頑張らなくても一定の水準まではいけるけど、そこから先は伸びないし、そもそも頑張る気も起きない……的な？

成績は昔からずっと、学年で上位三十％ぐらい。

大学ではコミュ力と人脈を生かして、効率よく単位を取得した。

就活はそこまで頑張ったつもりはないんだけど、持ち前の笑顔と明るさで運よく大手出版社に入ることができた。

要領がいい。

なんでも要領よくできる。

裏を返せば――

なにかに本気になった、という経験が、ないのかもしれない。

勉強も部活も、受験も就活も。

七割程度の努力で、どうにか上手くいってしまった。

恋愛に関しても――そうかもしれない。

失敗したのなんて、中学のときに一言も話したことない先輩に書いたラブレターぐらい。

高校のときは、告白してきた男子となんとなく付き合った。

文化祭や球技大会、クリスマスやバレンタインみたいなイベントをそれなりに楽しんだ後、高三のとき『お互い受験に集中しよう』と綺麗《きれい》に別れた。

大学では、そろそろ彼氏でもほしいなあ、と思ったタイミングで合コンに行ったら、そこそこいい感じの人と流れで付き合った。

その人ともそれなりにカップルをやってたけど……就活のタイミングで、私が一人先に内定を取ってから険悪になり、こっちから別れを告げた。

とまあ、こんな感じで。

恋愛もまあ、七割ぐらいの労力で要領よくやってきた。

だから――

要領よくやってきた人生において。

入社二年目のトラブルは――生まれて初めての挫折だった。

不運に不運が重なり、とんでもない量の業務が発生した。

私はなにも悪いことをしてないのに、私の仕事が三倍にも四倍にもなった。

それが社会ではよくあることで、私が今まで要領よくやってこれたのは、私が学生だったからだったんだなあ、ってことを痛感した。

やってもやっても終わらない仕事に忙殺されながら、痛感した。

これまでなら周囲を要領よく頼って解決してきた私だけど、営業第一課はその時期、全員がそのトラブルのせいで残業地獄となっていた。

一番後輩の私が、一番仕事が少ないぐらい。

その状況で先輩を頼れるはずもない。

誰にも頼れない状況で、一人涙をこらえて戦い続ける中――

「よかったら俺、手伝おうか？」

助けてくれたのが――実沢《さねざわ》くんだった。

実沢くん。

実沢春彦《はるひこ》くん。

私とは同期で、営業第三課。

お兄さんがあの有名な、実沢春一郎《しゅんいちろう》選手。

でも本人はなにか複雑な感情があるのか、お兄さんの話になるといつも微妙な顔となる。

あるいは自分から先んじて自虐的に話題にして、早々に話を切り上げようとしたりする。

「俺にできそうなことあったら、言ってくれ。一緒にやったら少しは早く終わるだろ」

「え……でも」

「ん？」

「実沢くん……自分の仕事は大丈夫？」

「ぐっ……」

「私の仕事、手伝ってる場合じゃないんじゃ……」

正直に言って――実沢くんはそこまで仕事ができるタイプじゃない。

有り体に言って、なんか要領が悪い。

同じ第三課の轡《くつわ》くんなんかは、傍《はた》から見ていてもかなり要領よく仕事をこなしてるように見えるけど、実沢くんの方はいまいちパッとしない。

桃生《ものう》課長からもよく怒られている。

「……まあ、たぶん大丈夫だろ」

実沢くんは言う。

あんまり大丈夫じゃなさそうな声だった。

「つーかさ……集中できないんだよ。同期のお前が、見えるとこで泣きそうな顔で仕事してると」

「なっ。泣きそうな顔なんてしてないし！」

「だから最近俺の調子が悪いのは、お前が集中力を削《そ》いでるせいとも言える」

「……いや、私のせいにされても困るぅー」

「あはは」

実沢くんは笑う。

私も少し、肩の力が抜けた。

「じゃあ……少しお願いしていい？」

「おう、任せろ」

そして私は、実沢くんの優しさに甘えてしまった。

「ごめんね、今度飲み行ったら奢《おご》るから」

「楽しみにしてるよ」

社会人らしい、社交辞令的なやり取り。

こんなやり取りで本当に飲みに行って奢る人は、きっとそんなに多くないだろう。そもそも実沢くん、飲み会とかあんまり好きじゃないっぽいし。

楽しみになんかしていない。

空気を読んで事務的に応じただけ。

行けたら行く、ぐらいの意味しかない返事だったと思う。

そして――

彼のおかげで、私はどうにか地獄から抜け出すことができた。

しかし。

逆に彼の方は……自分の仕事を蔑《ないがし》ろにしたことで、桃生課長から結構強めに怒られていた。

その様子を見ていた私は、本当に申し訳なくなる反面……だから言ったじゃん、と叫びたくもなった。

もう、なんなんだろう、実沢くんは。

優しいけど不器用で、誠実だけど要領が悪くて。

今まで付き合ってきた男達とは、全然タイプが違う。

それなのに気づけば――私は、どうにかして彼と飲みに行こうと様々な戦略を立て始めていた。

たぶん実沢くんは、楽しみになんてしていないのに。

言ったことすら忘れてるだろうに。

それなのに――計画を立てる自分を止められなかった。

二人きりだとさすがに露骨だから最初は大人数の飲み会にして、そっから流れで二人で抜け出すように～、みたいな妄想もしたりした。

なんだか要領の悪いことをしている自分に、自分が一番驚いた。

楽に付き合えた昔の彼氏達のときとは、全然違う。

七割の力じゃどうにもならない。

というか、勝手に七割以上の力が入ってしまう。

ずっと前――

中学生のとき、話したこともない先輩に無我夢中でラブレターを書いたときの気分を思い出した。

勝ち目があるとかないとか。

付き合えそうとか無理そうとか。

そんな打算は一切なく、極めて非効率なことをしてしまう衝動を——


二時間ほどで俺達は店を後にした。

会計は、男なので俺が奢る。

と見せかけて、同期なので割り勘。

となるかと思いきや……なんと鹿又に奢ってもらってしまった。

なんでそうなったかと言うと——

「男だし、俺が出すよ」

「いやいや、そういうの流行んないから」

「でもやっぱり」

「いいっていいって。私ら同期だしさ、そういうのはなしで」

「そっか。そこまで言うなら」

「てかむしろ私が奢るから」

「……なんでそうなる？」

「なんかそういう気分なのー」

「いや意味わからんって」

「あー……そうそう、今思い出した。ほら、そういえばさ、私言ったじゃん。前に仕事手伝ってもらったとき、今度飲み行ったら奢るって」

「……あー、あったな、そんなことも」

「でしょう？　約束は守る女だから、私。むしろ今日の飲み会も、実沢くんに奢るために来たと言っても過言じゃないし」

「……今思い出したって言わなかったか」

「あはは。そうだっけ？」

その後も軽薄な感じで押し切られ、結局奢ってもらうことになってしまった。

なんだろう。

同期の女子に奢ってもらうと、やっぱり罪悪感みたいなのあるなあ。

こういうこと思うこと自体、男女平等の観点から言えばよくないのかもしれないけど、桃生さんみたいな先輩に奢ってもらうのとはまた違うよな。

「あー、飲んだ飲んだ。こんなに飲んだの、久しぶり」

店から出た後。

真っ赤な顔で伸びをしながら楽しげに言う鹿又。

かなり上機嫌な様子だけど、足取りは若干怪しかった。

「おい、大丈夫かよ？」

「はは～。全然さっぱり大丈夫～」

あんまり大丈夫そうではなかった。

まあ呂律《ろれつ》は回ってるし、そこまで泥酔しているわけでもなさそうだけど。

「鹿又、家、どの辺だっけ？　俺は電車だから駅行くけど」

「え～、もう帰るの？　せっかくだしあと一軒ぐらい行かない？」

「……いいけど……。でもお前、大丈夫か？」

「いけるいける」

それから俺達は、次の店を探して繁華街を歩く。

同期の女子と並んで歩く中——なんとなくの後ろめたさが増す。

なにも問題ないはずなのに。

俺と桃生さんは付き合ってるわけでもないし、付き合う予定もない。

むしろ――恋愛に発展したら終わる関係。

だからこんな風に同期の女子と二人きりで飲んだところで、なんの後ろめたさも感じる必要なんてないはずなのに。

そもそも。

これは――誰のなにに対する後ろめたさなんだろうか。

桃生さんを好きになってしまったのに、こうして他の女性とデートみたいな時間を過ごしてしまってることが後ろめたいのか。

あるいは。

鹿又の好意を薄らと自覚しながらも、断りもせず曖昧に流してしまってることに対して、罪悪感みたいな感情を抱いているのか。

「……あ」

あれこれ悩んでいたせいか、少々歩きすぎてしまっていた。

飲み屋が並ぶ繁華街を通り抜けてしまっている。

このまま進んでいくと――まずい。

桃生さんと何度か利用したことがあるから、わかる。

こっちの道を進んで行けば——

「……ちょっと戻るか」

軽く言いつつ、踵《きびす》を返そうとしたところで。

ギュッ、と。

腕を掴《つか》まれて動きを止められた。

体を俺の方へと預け、腕を絡めるようにしてくる。

「……ごめん。やっぱりちょっと、酔っちゃったかも」

少し震えた声が告げる。


「どっかで休んでってもいいかな?」


上目遣いでほんの一瞬俺を見て、すぐに目を逸《そ》らす。

いくら恋愛経験値の低い俺でも——相手の意図は察することができた。

本当に酔っ払ったわけでも、本当に休んでいきたいわけでもないだろう。

なんなら、こっちの方へ歩いてきたのも戦略だったのかもしれない。

ここで俺が「じゃあ、ちょっと休めるところ探そうか」とでも言って、このまま少し歩

けば——すぐにホテル街へと辿《たど》り着く。

俺は今、誘われている。

直接的なことは言わずに、相手に察することを望むような、大人の誘いを受けている。

露骨な告白ではないとは言え、女性の方からこんな風に誘うには、いったいどれだけの勇気が必要になるんだろうか。

「……っ」

胸のうちに様々な葛藤が去来する。

この数ヶ月で——いろいろと新たにわかったことがある。

俺は、俺という人間は——思っていたよりもずっと状況に流されやすく、そして性欲に負けてしまう男であったらしい。

最初に桃生さんとホテルに行ったときだって、結局は性欲に流されただけだ。

付き合ってもいない。

好きになってもいない。

そんな女性を——俺は性欲だけで抱こうとした。

俺は、そういうことができる人間だった。

だから。

鹿又の誘いにも、正直、心が揺れる。

ムクムクと性欲が鎌首をもたげる。

鹿又のことは嫌いじゃない。今日も飲んでて楽しかった。見た目だってかわいいし、社内でも人気は高い。誘われたら嬉《うれ》しいし、興奮する。

抱きたい、とシンプルに思う。

桃生さんに対してなにか遠慮する必要も、たぶんないのだろう。俺が彼女以外の相手と関係したところで、それはあくまで俺のプライベート。

向こうが干渉する権利はない。

だったら——別にいいのかな。

一晩ぐらい、そこまで深く考えずに遊んでみても。

関係を持ったからと言って、イコール交際になるとは限らない。お互いに大人なんだから、そういうのは曖昧で有耶無耶《うやむや》で、なんとなくの空気感に任せてもいいのかもしれない。

いくら今、桃生さんが好きだからって……どうせこれは、報われない恋なんだから。

相手が妊娠したら、それで終わり。

だったら今のうちに——ちゃんとした相手を探しておいた方がいいだろう。

ちゃんと恋愛して、ちゃんと交際できる。

そういう普通の恋人を、今のうちから――

「……鹿又」

ほんの一瞬の間に、考えすぎるぐらい考えてから。

腹をくくって、俺は口を開く。

「気分が悪いなら、ちゃんと家に帰って休んだ方がいいよ」

俺は言った。どうにか笑ってみせたけれど、たぶん相当薄っぺらい笑顔になってしまったと思う。

「……そっか」

数秒の間があってから、鹿又は俺から手を離す。

そして――口元だけで笑う。

なにかを誤魔化すような、全てを察して空気を読んだかのような、そんな寂しい笑顔だった。

「そうだね……。今日はもう帰って休もうかな」

「ああ」

それから俺達二人は、踵を返して駅に向かって歩き出す。

さっきまでより、少しだけ距離は遠くなった。

「……やっぱり優しいよね、実沢くんは」

ぽつりと、鹿又がこちらを見ずに言った。

どういう意図で口にしたのかはわからないけど——ちくり、と言葉が胸に突き刺さった。

優しいわけじゃない。

鹿又を思いやったわけじゃない。

ただ俺が、罪悪感に耐えきれなかっただけだ。

他に好きな人がいるくせに、それを告げずに鹿又を騙《だま》しているような状況に、どうしても耐えきれなかったのである。

繁華街を通り抜けて駅前に辿り着く頃には、ちょっとずつちょっとずつ、気まずさも解消されつつあった。

「はぁーあー、なんか今日は、帰ってからも深酒しちゃいそうだなー」

「やめとけって。明日死ぬぞ？」

「誰のせいだと思ってるの？」

「う……」

「……あはははっ。嘘嘘《うそ》。気にしないでよ」

ジッと睨《にら》んだ後、けらけらと笑う。

その不自然なまでの明るさが、正直ありがたい。俺達はこれからも、会社で顔を合わせることになるのだから。

「まったく……もったいないことしてるよねー、実沢くんも。こんなチャンス、滅多《めった》にないのに。今日はたまたま、すごく酔っちゃっただけで……。普段は絶対、酒の流れで〜、とかないタイプなんだから、私」

「わかってるって」

「本当にわかってる？　こいつ、思ったより尻軽だなあ、とか思ってない？」

「思ってない思ってない」

「本当にぃ？」

「ちょっ。やめろ、くっつくなって……」

「あはは｜、尻軽ごっこ、みたいな？」

人目も憚《はばか》らずに、鹿又はまた腕を絡みつけてきた。

実に軽いノリで——意図的に演じてるような軽さで。

なんだか、ある種の儀式のように感じてしまった。

こうやって今日のことは笑い話に――酒のムードにちょっと流されただけだったことにして、話を終わらせようとしている。

何事もなかった。

大したことじゃなかった。

一瞬の気の迷いだった。

そんな風に、お互いに確認し合う儀式。

また月曜日からは、普段通りの同僚に戻るために。

だから俺も、無理に拒絶せずノリを合わせる。

少しでも鹿又の気が楽になるなら、このぐらいはしてあげたい。

そんな思いから、駅前の広場でふざけ合っている――そのときだった。


桃生さんと、ばったり出くわした。


いつも通りのスーツ姿。人混みの中でも目を引く美貌。

今の時間まで残業していたのだろうか。

俺達二人を見て、大きく目を見開く。

「実沢くん……と鹿又……さん？」

「も、桃生さん……！」

驚愕《きょうがく》の余り、その場で硬直してしまう。

どうして。

なんで。

使ってる駅が一緒ならあり得ない偶然じゃないけれど、でもだからって——いくらなんでも間が悪すぎる。

今、この瞬間。

赤ら顔で繁華街から歩いてきた俺達は、彼女の目にはどんな風に映るのだろうか。

それを考えるだけで、酔いが一気に醒めていくようだった。

第五章　桃生課長の苛々

週が明けて月曜日。

俺はいつものように出勤し、いつものように労働に励む。

そして。

桃生《ものう》さんもまた、いつも通り働いていた。

普段と変わらない営業第三課の光景である。

「桃生課長……これ、頼まれてたデータのまとめです」

「ありがとう。もう一つ、YouTuberに宣伝をお願いした方は？　再生数と実売データの関係、まとめておくようにお願いしたと思うけど」

「あっ。そっちはまだで……」

「午前中に仕上げてもらえるかしら。私、午後から外に出るから」

「わかりました。すぐやります」

いつもと変わらないやり取り。

桃生さんは『女帝』と呼ばれるに相応《ふさわ》しい、毅然《きぜん》とした態度である。

でも。

心なしか……普段よりも少し対応が冷たいような気もする。

俺の被害妄想の可能性も十分あるんだけど。

「あの、桃生課長……」

「なに？」

冷淡な眼光を向けられる。

怒ってると言うよりは、冷たく突き放すような視線だった。

「……な、なんでもないです」

俺はなにも言えなくなり、おずおずと自分の席に戻った。


先週、金曜日の夜――

鹿又《かのまた》と飲んだ帰り、俺は偶然桃生さんと出くわした。

よりにもよって、俺が鹿又と腕を組んでいる瞬間だった。

一瞬、空気が凍りつくような沈黙があってから、

「桃生課長……あっ。えっと、これはですね……」

鹿又が声をあげ、慌てて俺から距離を取った。

「別にそういう深いアレではなく……その、今日はたまたま実沢《さねざわ》くんと二人で飲んでて、それでちょっと盛り上がっちゃっただけで……」

慌てた口調で弁明する。

鹿又からすれば、職場の上司に言い訳しているだけなのだろう。

交際しているわけではありません、と。

でも桃生さんから見たら、今の俺達はどんな風に見えるのか。

「……そう」

桃生さんは静かに頷《うなず》き——そして、笑った。

小さく、でも確かに笑ったのだ。

ごくごく普通の微笑。

それなのに俺は、魂が底冷えするような気分にさせられた。

「知らなかったわ。あなた達がそんな深い関係だったなんて」

「だ、だから違いますってば」

「浮かれて羽目を外すのもいいけど、ほどほどにね」

それじゃ、と。

端的な別れの言葉と共に踵《きびす》を返し、桃生さんは駅の方へと歩いていった。

「あっ……」

俺はどうにか呼び止めようとするも、言葉が出なかった。

この場でなにをどう言えばいいのか、さっぱりわからなかったのだ。

「あちゃー……なんか、勘違いされちゃったかな」

「…………」

「実沢くん？」

「……あ、ああ。どうしようかな」

あまりに趣味の悪い偶然に、俺は途方に暮れる他なかった。


これが金曜日の出来事。

そして土日の間、俺は何度も桃生さんにメッセージを送った。

とにかく誤解だけは解きたかった。

だって。

あの状況だけを見たら、俺がまるで——桃生さんの誘いを蹴って、鹿又とのデートを優先したみたいじゃないか。

というか……そうにしか見えない。

桃生さん視点だと、俺は『同期と飲みます』と嘘をついてペアリングを断り、鹿又と二人きりで飲んでいたように見えただろう。

だから必死に事情を説明した。

轡《くつわ》の悪巧みも含めてきちんと説明し、誤解を解こうとした。

でも。

土日の間——桃生さんからの返信は一切なかった。

「……桃生さんっ」

俺は席を立ち、印刷した資料を持って再び桃生さんの元へと行く。

「もう一つの方のデータ、まとめました」

読んでください、と。

資料を手渡す。

「……っ」

桃生さんは一瞬、眉を顰《ひそ》める。
その資料についた――付箋を見つめて。

「今日の昼休み
ちゃんと話す時間をください
倉庫で待ってます」

資料につけた付箋で、秘密のメッセージ。

ドラマでしか見たことがないような、古くさいやり方。

以前桃生さんが同じことをやってきたときは、思わず『スマホでよくないですか』と指摘してしまったけど――メッセージを無視されてしまってる今は、こんなアナログな方法に頼るしかない。

藁《わら》にも縋《すが》る思いで伝えたメッセージ。

桃生さんは付箋を見て、そして俺に視線を移した後、

「……わかったわ」

と静かに告げた。

昼休み。

多くの社員が昼食を摂《と》る中、俺は急ぎ倉庫へと向かった。

幸いというか読み通りというか。

滅多《めった》に人が来ない場所であるため、中に人はいなかった。

数分後——桃生さんも入ってくる。

「それで実沢くん、話ってなにかしら？」

無表情のまま、淡々と言う。

普段からあまり愛想がいい人ではないけれど、やはり今日はいつもより若干表情が険しい気がする。

「ど、どうしても……誤解だけは解いておきたくて」

重い空気の中、俺はどうにか切り出す。

「メッセージでも送ったように……鹿又と二人で飲むことになったのは、本当に偶然で……。桃生さんの誘いを断ったときから、鹿又と二人で飲む予定だったわけでは決してないんです……。だから、嘘《うそ》をついたわけじゃなくて……」

わかってもらいたい。

誤解だけはされたくない。

その一心で俺は必死に弁明を続けるが——

「もちろん……俺にも落ち度はあったと思います。誤解させるようなことをしてしまって、本当に申し訳なく——」

「——謝らないで」

桃生さんは言った。

低く鋭い声で、切り捨てるように。

「え……」

「送ってきたメッセージでもそう。何度も丁寧に謝って……。実沢くん、あなた、なにに対して謝ってるの？」

「それ、は」

「なにも悪いことしてないのに、どうして謝るの？」

「………」

「もしかして——私が怒ってるとでも思ってる？」

真顔で、険しい顔で言う。

怒ってるというよりは、悔しそうな顔で。

「私、怒ってないから。だって怒る必要がないもの。実沢くんが私の誘いを断ってなにしてようと、私には関係ないことだから」

「…………」

「誰とデートしてても、私に謝る必要なんてないでしょう?」

「だ、だからそれは誤解で……」

「どっちでもいいのよ、誤解でも本当でも。実沢くんがどういう理由でペアリングを断ろうとも、咎《とが》めるつもりはない。いちいち理由も説明しなくていい。私だって、必要以上に干渉するつもりはない」

「…………」

「だから……そうね。強いて言えば、『私が怒ってる』と思ってることに、ちょっと怒ってるかもしれないわね」

やや苛立《いらだ》ちが滲《にじ》む声で、皮肉めいた口調で言う。

ああ、そうだ。

桃生さんの言う通りだ。

俺はなにに対して謝っていたんだろう。

誤解されたくない一心だったけど……でも結局、それは俺の都合でしかない。

自己保身と自己弁護のために謝っていただけだ。

あるいは――思い上がっていたのかもしれない。

鹿又と二人で飲んだことで、桃生さんを不快にさせてしまった、と。

自意識過剰もいいところだ。

不快になんてなるわけがないだろう。

俺と彼女は、ただの体の関係。

桃生さんは俺に、体以上のことはなにも求めていないのだから。

「……別にいいのよ、鹿又さんと付き合っても」

言葉を失ってしまう俺に、桃生さんは言う。

どこか突き放すような口調で。

「え……」

「いいじゃない、彼女。若くてかわいいし、性格もよさそうだし。実沢くんとお似合いだと思うわ」

「ま、待ってください。なに言ってるんですか……」

「私に遠慮なんかしなくていいのよ。ペアリングをやめたくなったらいつでも言って。私とのことで、あなたの恋愛や将来を束縛するつもりはな――」

「話を聞いてくださいっ」

思わず大きな声が出て、同時に相手の両肩を摑《つか》んでしまう。

桃生さんはギョッと驚く。

それでも手に力が入ってしまう。

「ちょっと……実沢くん……」

「……鹿又と付き合うつもりはありません。桃生さんとの関係も、やめたくないです。だって……だって俺――」

感情が昂《たか》ぶるあまり、決して言ってはならない本音を口走りそうになってしまう。

しかし次の瞬間――

倉庫のドアの向こうから、話し声が聞こえた。

「……ったく勘弁してほしいよなー。昼休みにまで雑用って」

「本当だよな。こんなのバイトにやらせろっての」

二人の男の声。

ドアのすぐ近くまで来ている。

「――か、隠れてっ」

桃生さんは小声で叫ぶと同時に、俺を倉庫の奥へと押しやった。

立ち並ぶスチール棚の隙間に、どうにか二人で隠れ込む。

倉庫内は物で溢《あふ》れている。入り口の方から奥は見えづらいだろう。もっとも、近くまで来られたら終わりだけど。

ガチャリ、とドアが開き、二人の男性社員が入ってくる。

声だけではイマイチわからないけど、おそらく営業部の誰かだろう。

「……実沢くん、もっとこっちに……！」

棚と棚の隙間。

かなり密着した体勢のまま、桃生さんは小声で言う。

「で、でも、これ以上は」

「いいからっ。見つかったらどうするの？」

「……はい」

命令に従い、さらに体を密着させる。

うわ、ヤバい。これはかなり……まずい。

お互いの体の前面が完全に密着し、自然と抱き合うような体勢になった。

スーツの上からでもわかる巨乳が、俺の胸で潰されて形を変える。

脚と脚も触れ合い、妙な擽《くすぐ》ったさがあった。

「……ん」

息遣いすらも感じる至近距離。艶やかな髪からはいい匂いが漂ってきて、どうしたらいいかわからなくなる。

体が熱い。

抱き寄せた手からは――相手の体温が伝わってくる。

時間にして、五分程度だろうか。

二人の男性社員は作業を終えて、倉庫から出て行った。

ドアが閉められると、俺達はすぐに隙間から飛び出して、距離を取った。

「はあ、はあ……。危なかったわね」

息を荒くした桃生さんが、衣服を整えながら言う。

「……あの」

俺は恐る恐る口を開く。

「今更ですけど……別に隠れる必要はなかったんじゃ」

「……え？」

「人には言えない話はしてましたけど……俺と桃生さんが倉庫に二人でいても、そんな不自然なことじゃないような」

ていうか、以前からちょいちょい二人で来てるし。

桃生さんの剣幕《けんまく》に圧倒されて慌てて隠れたけど、冷静に考えたら身を隠す必要なんて全くなかった気がする。

「……〜っ」

少しの間があってから、桃生さんは顔を真っ赤にした。

「い、いいのよ！　念には念を入れたの！」

誤魔化《ごまか》すように早口で告げた後、

「とにかく——話は終わりね」

スイッチを入れ替えたかのように、強い口調でそう続けた。

「私は怒ってないから謝らなくていい。鹿又さんと交際する予定があるなら、私達の関係はすぐに解消。そうじゃないなら、今後も関係は現状維持。これで問題ないわよね？　なにか意見があれば、後でまとめて報告して」

一方的に言った後、桃生さんは早足で倉庫から出て行った。

残された俺は、呆然《ぼうぜん》と立ち尽くす他ない。

どうしたらいいかわからないし、なにを言ったらいいかもわからない。

もどかしくて握りしめた拳には——先ほど感じた相手の体温だけが残っていた。

⚥

午後は外に出て、書店と取引先を私一人で回った。
夕方の五時を過ぎたぐらいに、会社には戻らず直帰する。
タクシーを利用して自宅マンションへと向かう。
その途中——ズキン、と頭が痛み、額を押さえた。
「お客さん、大丈夫ですか？」
「……大丈夫です」
口ではそう言うけれど……体調はあまりよくなかった。
頭が痛いし、全身がダルい。
関節も痛くなってきた。
三十二年生きてきた体感で、なんとなくわかる。
おそらく——熱がある。
会社ではどうにか誤魔化していたけれど——今日は朝起きたときから、少し頭が痛かった。ただの頭痛だと思って鎮痛剤を飲んで出社したけど……時間と共にどんどん体調は悪化していった。

正直……あんまり頭が回らないし、思考に余裕がなかった。

だから。

実沢くんにも、酷《ひど》い対応をしてしまった。

「……………」

ああ、どうしてあんなこと言っちゃったんだろう。

本当は、サラッと流したかったのに。

土日に送られてきたメッセージだって、ちゃんと返信したかったのに。

それなのに――どうしたらいいかわからなかった。

金曜日。

仲よさそうにしている二人を見た瞬間――頭が真っ白になった。

自分でも驚くぐらい、ショックを受けてしまった。

飲み会帰りの赤い顔で、仲睦《なかむつ》まじくじゃれ合っていた二人を――お似合いだと思ってしまった。

同年代の、ごくごく普通のカップル。

胸に芽生えた暗い感情の正体は、自分でもよくわからない。

ただ、どうしようもない焦燥感みたいなものが溢れ出した。

どうしてだろう。

私と実沢くんは、子作りのためだけの関係。

もし彼に恋人や好きな人ができたなら、すぐに身を退くつもりだった。

彼の人生の邪魔をするつもりはない。

余計な負担にはなりたくない。

ただでさえ、倫理に背くお願いで迷惑をかけているのだから。

それなのに——いざ他の女性といる彼を見たら、自分でも驚くぐらい動揺してしまった。

もちろん、実沢くんが嘘《うそ》をついてるとは思ってない。

飲み会が偶然二人きりになったのも、鹿又さんと現時点で付き合う気がないのも、全部本当だと思う。そこはちゃんと信じてる。

だから結局、私の心の問題でしかない。

私が勝手に妄想や幻想を抱いて、一人でイライラしているだけ。

……バカみたい。

なにを考えてるのよ、桃生結子《ゆいこ》。

彼は——私の恋人でもなんでもない。

単なる体だけの関係。

都合よく抱ける女だから、相手をしてくれるだけ。

妊娠したら関係は解消する予定だし——彼の方だって、ちゃんとした交際相手ができたなら私の相手なんてしなくていい。

そんなのわかりきってたはずなのに。

どうして、こんなに胸が苦しくなってしまうのか——

「……っ」

また頭が痛む。熱もさらに上がってきた気がする。ダメだ。もう頭も全然働かない。今すぐベッドで横になりたい。

タクシーが停車する。

なんとか電子決済で支払いを済ませ、自宅マンションまで歩く。雲の上を歩くようなフワフワとした感覚。どうにか足を前に動かしていく。

ああ……どうしよう。

冷蔵庫、なにもなかったかも。せめてスポーツ飲料ぐらい買わないと……でも、今買いに行くのは無理。香恵《かえ》に連絡……いやでも、風邪ぐらいで来てもらうのも申し訳ない。インストラクターの仕事は夜のシフトも多いって言ってたし。

ああ――

だから嫌なのよ、風邪を引くのは。

一人暮らしの寂しさと虚《むな》しさが、一気に襲ってくるから。

ネガティブな感情に押し潰されて――過去の決断を後悔しそうになるから。

考える。

茹《ゆ》だった頭が考えてしまう。

もしも。

もしもあのとき、元夫と別れなかったら。

今頃私にも、家庭というものがあったのかもしれない。風邪を引いて寝込んだなら、誰かが助けてくれたのかもしれない。

そして。

お母さんだって、今みたいなことには――

「…………」

朦朧《もうろう》とした意識に浮かんだ後悔を、必死に振り払う。

甘えるな。

今の決断をしたのは自分なんだから。

誰の助けもいらない。私は二度と結婚も恋愛もしない。子供だけ産んだら、その子と一緒に生きていく。それでいい。それしかない。

どうにか己を奮い立たせようとするも……体は気怠《けだる》いまま。

マンションのエントランスまで、あと少し。

そう思った瞬間に気が緩んだのか――ガク、と膝が折れた。

体に力が上手《うま》く入らない。

その場に、崩れるように倒れ――

「――桃生さん！」

と。

聞き慣れた声が、耳に飛び込んできた。

倒れそうになった体を――しっかりと抱き止められる。

知ってる。

私はこの感触を知っている。

華奢《きゃしゃ》なように見えて、腕や胸板にはしっかりと筋肉がついている。

この逞《たくま》しい体に――もう何度も抱かれたのだから。

「実沢、くん……」

助けてくれたのは、実沢くんだった。

彼に抱き支えられてるとわかった瞬間――驚くよりも先に、ホッとしている自分がいることに気づいた。

第六章　桃生課長の闘病

お母さんは、いつも私を褒めてくれた。

「すごいじゃないか、結子《ゆいこ》。また100点だなんて。お前は本当に賢いね。トンビが鷹《たか》を生むってのは、こういうことを言うのかな？」

明るくて優しくて温厚で。

いつだって私の味方でいてくれた。

「友達と喧嘩《けんか》しちゃったのかい？　まったく、本当に気が強いんだから。いったい誰に似たのかしらね？」

怒られたことなんてほとんどない。

私が泣いていたら、泣き止《な》《や》むまでずっとそばにいてくれる。

そんな優しい、大好きなお母さん。

「……大丈夫だよ。お母さんだけは、絶対に結子の前からいなくならないから。ずっとずっと、結子のそばにいてあげるから」

わけあって——私には父親がいない。

顔も見たことがない。

だから私にとって、母親だけが世界の全てだった。

「いいんだよ、高校なんてどこでも。無理にレベル高いところ狙うことはないさ。もちろん、結子が頑張りたいなら、お母さんは全力で応援するけど」

勉強も習い事もスポーツも、進学でも就職でも。

どんなときでも私の選択を尊重し、心から応援してくれた。

なにかを強要してきたことなんて一度もない。

でも。

たった一つだけ、強く教えられたことがある。

「結子……子供だけは早く産みなさい」

大学に入ったぐらいからだろうか。

お母さんは事あるごとに、私にそんな風に言ってきた。

「早く産んだ方が絶対にいいから。仕事を頑張るのもいいけど……できるだけ早く結婚して、若いうちに子供を産んで、一生懸命育てるの。それが女にとって、一番の幸せなんだから」

それが——お母さんの価値観。

なにも強いることのなかった彼女が、唯一私に求めたこと。

令和の時代にはちょっと考えられないぐらいに古くさい価値観だったかもしれないけれど——でもお母さんには、理由があった。

私にそう教えるだけの事情があった。

仕方がない。

あんな経験をすれば、誰だって——

私は、できる限りお母さんの期待に応えようと思った。

この世界で一番、私を大事に思っている人の言葉だから。

だから若いうちに——二十代のうちに、焦るように結婚した。

そして、できるだけ早く子供を産み、私の子供の顔をお母さんに見せてあげたいと思っていた。

でも結局——

私は、お母さんの期待に応えることはできなかった。

ぱちり。

目を覚ますと、そこは自宅のベッドだった。

見慣れた布団に見慣れた天井。いつも使ってる枕。

うちの寝室に間違いない。

あれ。私、どうして寝てるんだっけ？

いつ帰ってきたんだっけ？

混乱しながら上体を起こす。

額に違和感を覚えて手を伸ばすと、冷却シートが貼ってあった。

枕元にあったスマホを見ると——時間はすでに午後の九時。

頭はまだ少しぼんやりしているし、体も熱っぽいけど、タクシーに乗っていたときより

はだいぶマシになっている。

えっと……なにがどうなったんだっけ？

「——あっ。桃生《ものう》さん。起きましたか？」

まだまだ混乱したままだった、そのとき。

寝室のドアが開いて——実沢《さねざわ》くんが入ってきた。

「体調、どうですか？」

「……実沢くん」

「なにか飲みます？　飲み物とかゼリーとかいろいろ買ってきてて……。あっ。体温計もあった方がいいですよね」

「体温計はいつも基礎体温測ってるから、すぐそこに――じゃなくて」

驚愕《きょうがく》の気持ちを抑えつつ、私は言う。

「ど、どうして実沢くんがここに？」

「……覚えてないんですか？」

「えっと……」

「マンションの前で、桃生さんが倒れそうになったんですよ。その後俺が、部屋まで連れてきて……」

ああ、そうそう。

段々と思い出してきた。

フラついて倒れそうになったところを、実沢くんが助けてくれたんだった。

その後は肩を借りながら部屋まで連れてきてもらって、私はそのまますぐベッドに倒れ込み、眠りについたんだった。

「そういえばそうだったわね……あれ？　でも、どうして実沢くんが、うちのマンションの前に……？」

「……それは」

言いにくそうに言う。

「今日のお昼、倉庫で密着するハプニングがあったじゃないですか。あのとき……いつもより体温高いのが気になって」

思い出した。

倉庫での、ちょっと恥ずかしいハプニングを。

確かにあの時点で少し熱っぽかったけど、まさかあんなちょっとの接触で体調不良に気づかれるなんて。

……ああ、でも、そっか。

実沢くんは、私の普段の体温がわかってるのよね。

だって、もう何度も体を重ねてるんだから。

うぅ……なんだか恥ずかしい。

「桃生さん、一人暮らしだからなにかと大変かと思って……気づいたらここに足が向かってた感じで……すみません。なんか、ストーカーみたいで」

「い、いいわよ。結果的に助かったから」

昼休みに喧嘩別れみたいになっちゃったから、連絡を取ることもできなかったんだろう。

でも、だからってわざわざ自宅に来るなんて。

まったく……優しいにもほどがあるでしょう。

「これ、もらうわね」

「どうぞどうぞ」

枕元にあったスポーツ飲料をいただく。実沢くんが買ってきてくれたらしい。ほどよくヌルくなっていた液体が、熱を帯びた体に染み渡る。

美味《おい》しい。

生き返る。

汗もたくさんかいたから、体が水分を欲して——って、あれ？

「——っ」

そこで私は、ようやく気づいた。

自分がスーツではなく、パジャマ姿になっていたことに。

「……実沢くん、私、これ……いつ着替えたの？」

「えっと……」

またも言いにくそうに言う。

「帰ってきた後、桃生さん、すぐにベッドに寝ちゃって。でも、すごく寝苦しかったみたいで、自分からスーツを脱ぎ出しちゃって」

……マジで？

どうしよう。その辺りの記憶が全くない！

「でも半分寝てるせいか、全然着替えられてなくて……だから、その、俺がちょっと手伝った形で……」

「……そ、そうだったんだ。でも……こっち、は……？」

視線を胸元に落とす。

パジャマの中は——なんとノーブラだった。

「ち、違うんです！　お、俺も迷ったんですよ？　桃生さん、スーツ脱いだ後、自分からブラジャー外し出して……でもそのまま寝ちゃって。よくわかんないですけど……やっぱり、寝苦しいのかなと思って……だから、その、ちゃんと外してから、パジャマを着せるように……」

顔を真っ赤にして言う実沢くんに、私の顔もまた熱くなる。

ああ〜っ！

な、なにやってるのよ、私！

いくら熱で朦朧《もうろう》としてたからって！

「すみません……いろいろ」

「き、気にしなくていいわ！　全然平気だからっ。今更実沢くんに裸を見られたところで、なんとも思わないし……」

なんとも思わない——わけがない。

普段のセックスは薄暗い部屋でしかやってないんだから。こんな明るいところで、しかも意識がないまま……汗だってすごかっただろうし。

ああ、もうっ。

なんでこんなことになっちゃったの……⁉

実沢くんは私が寝た後、ずっと部屋で待っていてくれたらしい。

飲み物やご飯を買いに行ったり、寝ている私の様子を見て、たまに冷却シートを貼り替えたり。部屋まで送ってくれただけじゃなくて、ずっと看病をしてくれていたみたい。

「お粥《かゆ》、食べられそうですか？」

「……なんとか。悪いわね。ご飯まで用意してもらって」

「ただのレトルトで申し訳ないですけど」

用意してもらったお粥をいただく。

食欲はそこまでなかったけど、少量のお粥ならばなんとか完食できた。

熱を測ると──三十七度五分。

「やっぱり、まだちょっとありますね……。このまま、しっかりと休んだ方がいいですよ」

「……そうね。無理しても意味ないし、明日は休もうかしら」

「その方がいいと思います」

仕事人間の私だけど、熱があるときまで会社に行くような社畜ではない。

一昔前は、熱があっても解熱剤飲んで会社に行く人が仕事熱心と褒められたと聞くけれど……現代じゃそういうのは流行《はや》らない。

ウイルスを他人にうつさないためにも、熱があったら休む方がいい。

「なにか手伝えることがあれば、なんでも言ってください。買い物でも家事でもなんでもやりますから」

「……どうして」

私は言う。

まだ少し、熱でぼんやりした頭で。

「どうして実沢くんは……こんなに優しくしてくれるの？」

「え……」

「私の看病なんかしても、なんのメリットもないでしょ？」

「メリットって。俺は別に……」

「……こんな体調じゃ、エッチもさせてあげられないし」

「ぶっ」

噴き出す実沢くん。

「な、なに言ってるんですか、急に！」

「だって」

他に思いつかない。

こんなに優しくしてもらって、なにで返したらいいかわからない。

私が実沢くんを喜ばせてあげられることなんて、この体ぐらいしかないのに——

「と、とにかく……優しくなんかないですよ。このぐらい、普通ですって」

実沢くんは困ったように笑う。

「桃生さんには仕事でいつもお世話になってるんだから。このくらい恩返しはさせてくださいよ」

「……そう」

胸のうちに、じんわりと温かなものが広がる。

心が安らぐと同時に――仄暗《ほのぐら》い気持ちも湧き上がる。

彼の優しさが眩《まぶ》しすぎて、自分の身勝手さが申し訳なくなってくる。

「……ごめんね、実沢くん」

私は言った。

絞り出すような小さな声になってしまった。

顔を見るのが恥ずかしくて、ベッドに寝転んで反対側を向く。

「気にしないでくださいって。看病っていっても、こんなの全然……」

「そっちじゃなくて」

私は言う。

「お昼休み……倉庫でのこと」

「……」

「嫌な言い方しちゃって、イライラをぶつけちゃって……ごめん」

「そんな……」

少しの間があってから、実沢くんは言う。

「俺の方こそすみません。桃生さん、体調悪かったのに、呼び出して言い訳ばっかりして」

「ううん、悪いのは私よ」

体調の悪さは多少関係してたかもしれないけど……でも、そんなことは何の言い訳にもならない。

「たぶん……嫉妬しちゃったのよ。実沢くんと鹿又《かのまた》さんが……なんだか、すごくお似合いのカップルに見えちゃって」

「…………」

「実沢くんだって本当は……私みたいな年上より、同年代の若い子の方がいいんだろうな、とか……思っちゃって」

「……俺は別に――」

「ねえ、実沢くん」

彼の言葉を遮って続ける。

言葉が止まらない。

自分でも感情が抑えられなくなっている。

普段じゃ絶対に訊《き》けないようなことまで、訊いてしまう。

「あの後、鹿又さんと、ホテル行ったりした？」

「……え⁉」

「あるいは……酔った鹿又さんを家まで送った後、そのままうっかり一緒に朝を迎えたりしてない？」

「いや」

「どうなの？」

「……なんもないですよ。鹿又とは、あの後すぐ駅で別れましたから」

「本当に？」

「本当です」

「そう……」

ホッと息を吐く。

よかった……って、あれ？

なんでこんなに安心してるんだろう、私。

「そんなこと考えてたんですか？　俺と鹿又が……ホテル行ったかもって」

「だ、だってしょうがないでしょ？　あんなところ見せられたら……。それに実沢くん……私ともすぐホテル行ったし」

「ぐっ……」

痛いところを突かれた、みたいなうめき声。

ああっ、違う違う。

責めたかったわけじゃないのに。

「……もし鹿又さんとしてたなら……絶対、比べるでしょ？　私と、いろいろな部分で比較しちゃうでしょ？　あんな若くてかわいい子と比べられたら、私、勝ち目ないし……だから、すごくモヤモヤしちゃって……」

なにを言ってるんだろう、私……？

気持ち悪い。

かなり気持ち悪いこと言ってる。

なんか……彼女が処女じゃなきゃ許せない男みたいなこと言ってる気がする。

自分に自信がないあまり、他の相手と比較されることを恐れて……とてつもなく面倒なことを言い出してしまっている。

「……ごめんなさい。こんなこと言われても困るわよね。あなたがどこの誰と寝ても、私には止める権利も咎《とが》める権利もないのに……」

熱のせいだろうか。

自分でも全然感情がコントロールできない。

言ってることは支離滅裂だし、極めて自分本位でしかない。

なんて面倒で厄介なことを言う女なんだろう。

こんな女、見捨てられてもしょうがない——

「えっと……なんて言ったらいいのか」

実沢くんは言う。

言葉を選ぶようにして。

「桃生さんは——き、綺麗《きれい》ですよ」

「……え？」

「すごく綺麗だし、魅力的で、素敵な女性だと思ってます」

「……〜っ⁉」

はあ⁉

な、なに⁉

なにを急に言い出すの、この子は⁉

「なっ、なっ……」

「いやっ、えっと、だから……誰かと比較して劣等感を抱く必要はないってことを言いたくて」

驚愕《きょうがく》と羞恥で言葉を失う私に、実沢くんは言う。

恥ずかしそうに、でもまっすぐこっちを見て。

「桃生さん、もしかして……俺が恋愛経験ゼロで、桃生さんしか選択肢がないから——他にセックスできる女がいないから、ペアリングの話を引き受けてると思ってません？」

「………」

それは、少し思っていた。

実沢くんは童貞だったから——他に女を知らなかったから、私の誘いに乗ってくれたんだろう、って。

他に女がいたら、もっと若くて綺麗な子がセックスさせてくれるなら、こんな十近く年上の女なんて相手にしないだろう、って。

「……ま、まあ、性欲由来の感情であることは否定できないんですけど……でも俺、そんな消去法みたいな理由で引き受けたわけじゃないですよ」

彼は言う。

「相手が桃生さんだから、引き受けようって思ったんです」

「………」

「女なら誰でもよかったってわけじゃないです。桃生さんが、本当に素敵な女性だから、俺は——」

「…………」

「あっ……その……す、すみません。なに言ってるのかな、俺……」

恥ずかしさが限界を迎えたのか、実沢くんは誤魔化すように笑った。

正直、助かった。

これ以上こんなまっすぐな感情をぶつけられたら、どうにかなっていたかもしれない。

すでに心臓が信じられないぐらい高鳴ってる。

体中が熱くなって、また熱がぶり返してきてしまいそう。

「……とにかく俺、しばらくは彼女作ったりするつもりはないです」

少し間を置いてから、実沢くんは続ける。

「桃生さんとこんなことしながら、他の女のこと考えられるほど器用じゃないですから」

「……そうね。実沢くん、かなり不器用だもんね」

「えっ」

「冗談よ」

つい笑みがこぼれてしまう。

彼もまた、困ったように笑った。

それから――

飲み物や明日のご飯、冷却シートやタオルの用意など、病人のための準備をいろいろとやってから、実沢くんは帰っていった。

残された私は鍵を閉めた後に、またベッドに戻る。

一人暮らしで熱を出すと、いつもは猛烈な孤独感に襲われる。熱で気力も体力も奪われるせいか、世界中から見捨てられたような気持ちになる。

怖くて切なくて悲しくて、寝なきゃいけないのに寝つけないことが多かった。

でも。

今日は。

すごく穏やかな気持ちのまま、あっという間に寝入ってしまった。


ぐっすり十時間近く寝ると、翌朝にはすっかり熱は下がっていた。

念には念を入れて一日だけ会社を休んだけど、休まなくてもどうにかなったかもしれない。まあ、いいでしょう。有給、余りまくってるし。

さらに翌日。

万全の体調となった私は、普段通り出社した。

入館ゲートをくぐり、エレベーターに乗ろうとしたところで、

「——あっ。桃生課長」

偶然にも実沢くんと出会った。

「おはようございます」

「おはよう」

「体調、どうですか？」

「すっかり治ったわ」

挨拶しながら、二人でエレベーターに乗り込む。

乗ったのは私達二人だけだった。

「……実沢くんにはお世話になったわね」

二人きりになったのを見計らって、私は言う。

「ありがとう、本当に助かったわ」

「いえいえ。全然大したことしてないですから」

「お礼がしたいんだけど、なにか欲しいものとかある？」

「えっ、そんな……いいですよ、お礼なんて。本当、なんもしてないんで」

「お礼でもしないと、私の気が済まないのよ」

本当にお世話になった。

もし実沢くんがお節介を焼いてくれなかったら……自宅マンション前で倒れて大騒ぎになってたかもしれない。

お礼の一つでもしないとバチが当たるだろう。

「でも……」

「遠慮しないの。なんでもいいから、言ってごらんなさい」

「なんでも」

そのとき——

ずっと遠慮がちだった彼が、少し食いついた。

「本当に……なんでもいいんですか？」

「え、ええ。常識の範囲内なら……」

「……わかりました。考えておきます」

そう言って本当に考え込んでしまう。

エレベーターから降りた後も、すごく真剣な表情で考え続けていた。

あれ？

もしかして私、なにか間違えた？

午前の仕事中。

昨日休んだ分のタスクをしっかり片付けつつも……頭の隅っこでは実沢くんへのお礼について考えてしまう。

どうしよう。

実沢くん、なにをお願いしてくるつもりかしら？

つい『なんでも』って言っちゃったけど……常識的に考えたら、お金とかブランド品とかは頼まれないと思うし。

私達の関係性や、実沢くんの人間性とかを考慮すると——

やっぱり……エッチなお願いかしら？

ていうか、それしか考えられないかも……！

「……っ！」

なくはない。

ありえそう。

いや別に実沢くんが特別変態とかそういうわけじゃなくて、今の私達の奇妙な関係性を考えるとエッチなお願いは割と自然な気もするし……それに実沢くんも、特別変態とまでは言えなくても、極めて標準的な……あるいは、若干標準を超えたぐらいの性欲は有していると思うし。

うわあ……ど、どうしよう。

軽い気持ちで言ったけど、私、なにお願いされちゃうの⁉

まさか……また制服プレイとか？

あるいは、裸エプロンとか？

アニメのコスプレとか？

ま、まさか……ナースのコスプレで精液採取させられるとか？

それとも、もっと露骨でもっと過激なプレイを……⁉

悶々《もんもん》と思い悩んでいると——スマホが震えた。

実沢くんからのメッセージだった。

『お礼の件、考えました』

ドキン、と胸が高鳴る。
来たっ。
どうしよう。
どんなお願いされちゃうの？
『結構、大きなお願いになってしまうので本当に、大丈夫だったらでいいんですけど』
大きなお願い⁉
嘘《うそ》……いったい、どんな過激なことを要求してくるつもりなの⁉
お願い……！
せめて、せめて裸エプロンぐらいで……！
必死に祈る私だったけれど、次に続いたメッセージを見て、驚く。
実沢くんのお願いは、全く予想していなかったものだった。

『今度の休み
俺とデートしてくれませんか？』

第七章　桃生課長とお出かけ

日曜日。

八時ぐらいに、俺はゆっくりと目を覚ます。

昨日はなかなか寝つけなかったから、少し寝坊してしまった。でもまあ、待ち合わせ時間は午後だから、そこまで問題はないだろう。

今日は——桃生《ものう》さんとのデートの日。

彼女いない歴＝年齢の俺にとっては、人生初のデートとなる。

……すでにセックスはしてるのにデートは未経験って。

我ながら本当に、切ない状況な気がしてきた。

実質、素人童貞みたいなもんだよな、俺……。

「……よし」

身支度を整えつつ、気合いを入れる。

今日のデートは絶対に成功させたい。
成功条件は――普通のデートよりかなり難しいかもしれないけど。

看病のお礼について、桃生さんから『なんでもいいから』と言われたとき、まっさきに浮かんだのがデートだった。

デートがしたい。

桃生さんと、恋人同士みたいに。

だって……いつもセックスしかしてないから。

好きな人と普通に街でデートがしてみたい。

買い物したり、映画を見たり、ご飯を食べたり。

そういう普通のデートがしてみたい。

もちろん――俺達には例の誓約がある。

俺の気持ちは、桃生さんにバレてはならない。

でも――だからってなにもせずにいれば、いずれ桃生さんが妊娠して関係が終わるだけ。

だからせめて、限られた時間の中で、どうにかしたい。

わずかな可能性だろうと、足掻《あが》いてみたい。

仮に上手《うま》くいかなかったとしても……それはそれで、いい思い出だろう。

初恋の人と恋人みたいにデートできたなら、十分幸せなことだ。

「………」

午後一時。

待ち合わせ場所は、駅の一階にあるコーヒーチェーン店の前。

俺の到着から五分ほど過ぎたところで——桃生さんもやってきた。

その姿を見て、言葉を失ってしまう。

「あら。早いわね。まだ十分前でしょう?」

「………」

「実沢《さねざわ》くん?」

「あっ。すみません」

思わず見とれてしまった。

ノースリーブのニットに、タイトなスカート。腰がキュッと細くなるシルエットで、スタイルのよさが強調されている。肩にかけたハイブランドのバッグも、フォーマルにまとめたファッションとよく合っていた。

「桃生さんのそういう格好、初めて見たから新鮮で……。すごい……似合ってますね」

「そ、そう？　別にそんな大したものでもないでしょ……」

謙遜気味に言うけど……正直、かなりグッときている。

ヤバい。

私服の桃生さん、めっちゃ好みだ。

できることならもっとたくさん服装を褒めたかったけど、恋愛経験値のない俺では上手く言葉が出てこなかった。

「でも本当にいいの、こんなことがお礼で？」

不安そうに桃生さんは言う。

「私とデートしても、楽しくないんじゃ――」

「楽しいですよ！」

つい食い気味に言ってしまう。

「桃生さんとデートできるなんて、夢みたいで……。家で会うだけじゃなくて、もっと恋人っぽいこともたくさんしたいと思ってたから……」

「……え？」

「あっ、いやっ。えっと」

まずい。

うっかり本音でしゃべりすぎた。

もうほとんど告白してるようなもんじゃないか、これ⁉

「れ、練習したかったってことです！　ほら、俺、いろいろ未経験なんで……。将来のために、デートの経験とかも積んでおきたかったから」

「あ、ああ、そういうことねっ」

納得したように頷《うなず》く桃生さん。

どうにか誤魔化《ごまか》せたっぽい。

「……うん。わかったわ。そういうことなら協力してあげる」

少し安心したように、桃生さんは頷いた。

それから俺達は、並んで駅から歩き出した。


考えに考え抜いた末に、デートプランはそこまで考えないことにした。

気合いを入れまくって最高のプランニングをして桃生さんを落とす。

そのパターンも検討したけれど、あんまり露骨にアピールしすぎたら、こちらの好意がバレる危険がある。

そもそもまだ付き合ってもいない関係なわけだから、ガチガチにスケジュールが決まってる高密度のデートプランを用意されても、向こうだって困るだろう。

なんならドン引きされる可能性すらある。

様々な考えを巡らせた上で——ディナーの予約だけはして、それまでは自由、というプランに落ち着いた。

どこに行くかは、二人で歩きながら考えればいい。まあ、もちろんそうは言っても、周囲のデートスポットは一通り予習しておいたけど。

そして、その結果。

俺達が最初にどこに行ったかというと——

「……へえー。け、結構賑《にぎ》わってるのね」

周囲を見回し、桃生さんは軽く驚いたような顔となる。

俺達が最初にやってきたのは——駅前にあったラウワン。

ボウリング、バッティングセンター、卓球、カラオケ、ゲームセンター……その他諸々《もろもろ》なんでもござれの総合スポーツアトラクション施設である。

「卓球とかやってみます？　あそこ、空いてますし」

「そ、そうね。なんでもやってみましょう」

スポーツができるフロアへとやってきた俺達は、とりあえず目についたところで遊んでみることにした。

……うーむ。

まさかラウワンに来るとは思わなかったな。

このパターンは想定していなかった。

十分ほど前。

駅から出て、少し歩いていたところで――

「あそこ、新しくなったのね」

「ああ、改修工事やっと終わったみたいですね」

たまたま通りかかったラウワンを見上げて、そんな会話をした。

俺が流れでうっかり、

「……ラウワンは、ちょっとなしですよね。ああいうとこでデートするのは、若者じゃないと厳しいっていうか」

と言ってしまったのである。

俺的には本当に深い意味はなく、もう少し大人っぽいデートをしましょう、ぐらいのニュアンスだった。

しかし桃生さんは歩みを止め、口を尖《とが》らせる。

「む……。どういう意味？　三十過ぎたおばさんには、そういうスポーティなデートは無理だって言いたいのかしら？」

かなり悪く捉えられてしまったらしい。

「えっ……ええっ？」

「ナメてもらったら困るわね。私、こう見えて結構運動とかしてるのよ？　ジムにだって月一……ううん、月二で通ってるんだから」

どうも変な熱が入ってしまったようで、その勢いのまま俺達はラウワンへと足を運ぶことになった。

なお、桃生さんは人の多さに圧倒され、一瞬で熱が冷めた感じ。

休日だけあって、学生や家族連れがすごく多かった。

「……卓球なんて何年ぶりかしら？」

ラケットを見つめ、不安そうに言う桃生さん。

空いていた卓球のスペースで、とりあえず対面に分かれる。

「いきますよ」

「う、うん……」

ラケットを振りかぶり、軽く打つ。こちらのコートでワンバンした後、緩いボールが向こうのコートへ飛んでいった。

「……ていっ」

スカッ。

かけ声と共にスイングするも、ラケットは勢いよく空を切った。

「「………」」

いたたまれない空気が場に満ちる。

数秒後、桃生さんが烈火の如く怒る。

「ひ、卑怯《ひきょう》よ、実沢くん！　変化球を打つなんて！」

「打ってませんよ！　めっちゃ普通に打ちました！」

「そっちのコートで一回バウンドさせるし！　そういう小細工は男らしくないわよ！　素直にポーンと打ってきなさい！」

「いやルールですから！　卓球のサーブは自陣でワンバンさせないと！」

「え……そ、そうなの？」

きょとんとする桃生さんだった。

うーん。

この人、マジでスポーツ全般に興味ないんだな。

サッカーの日本代表だった兄貴も知らなかったぐらいだし。

その後も、何度かサーブをしてみるが――

「……ていっ」

スカッ。カツッ。スカッ。スカッ。カツッ。

結果は芳《かんば》しくなかった。空振るか端に当たって変な方向に飛んでくだけ。全くラリーにならない。

「………………」

最初はムキになっていた桃生さんも、段々と表情が沈んでいく。

悲しい空気のまま、俺達は卓球スペースを後にした。

「桃生さんってアレですかね？　あんまり運動とかは得意じゃない系の……」

「そ、そんなことないわよっ。卓球はたまたま苦手なだけで……あっ。ここ空いてるわ！

次はここにしましょう！」

移動中に見つけたのは、フリースペースのような場所だった。

バスケットコートの半分ぐらいの空間があり、中にはサッカーボールやバレーボール、キャッチボールのセットなどがある。

好きなスポーツで遊んでいいスペースのようだ。

ネットの隙間から中に入った後、

「……あっ。そういえば実沢くん、膝の怪我《けが》は……」

サッカーボールを見て思い出したのか、桃生さんがそんなことを言った。

「もう完治してますよ。趣味で運動する程度なら全く問題ないです」

言いつつ、サッカーボールに手を伸ばす。

こいつに触るのもずいぶんと久しぶりな気がした。数年前までは朝から晩までボール蹴ってる生活だったのに、今じゃ一人暮らしの家にも置いていない。

足元にボールを転がし——ヒールリフトで高く上げる。

「わっ」

桃生さんが驚きの声をあげる。俺は落ちてきたボールを爪先で軽く蹴り上げ、リフティングを始める。

ポンポンと、左右の膝や爪先を使い一通り遊んだ後、最後は高くボールを蹴り上げ——首の後ろで受け止めた。ネックキャッチという技だ。

直後、桃生さんから拍手が上がる。

「す、すごいわ、実沢くん！　どうやったの、今の⁉」

「あはは……大したことないですよ。このぐらい、ちょっとサッカーやってたら誰でもできますし」

謙遜するけど褒められて悪い気はしなかった。

「……最初のもすごかったわね。こう、後ろから足で上げるやつ……。どうやるのかしら？　あれ？　こう？」

ヒールリフトをやりたいのか、桃生さんは置いたボールに足で軽く触れる。しかし仕組みは全く理解できていないようで、こねくり回しているだけだった。

すると、なにが起こったのか、うっかりボールに乗り上げてしまい、

「──きゃんっ」

思い切り尻餅をついた。

「〜〜〜っ！」

「だ、大丈夫ですか⁉」

「……だい、じょう、ぶ」

慌てて助け起こすけど、桃生さんは痛そうにお尻をさすっていた。

「ヒールリフトはやめた方がいいですよ。初心者は地面からボール上げるだけでも難しい

ですから。普通に手で持って」

「こ、こう？」

流れでリフティングを教えることになってしまった。

初心者でも比較的簡単にできそうな、手でボールを持ってから太ももでやるパターンを薦めてみるが……なかなか上手《うま》くいかなかった。

何度も失敗し、十回目ぐらいのチャレンジでようやく、

「いち、にぃ、さん、しぃ……ごっ！」

五回連続でリフティングすることができた。

すると桃生さんは俺の方を向き、

「や、やった！　五回もできた！」

と拳を握りしめて、嬉《うれ》しそうに笑った。

今まで見たこともないような、天真爛漫《てんしんらんまん》な笑顔。

その無邪気な微笑《ほほえ》みに——俺は、心を鷲掴《わしづか》みにされたような気分になった。

リフティングの後は、ダーツやミニボウリングなど……比較的簡単にできそうなスポー

ツを選ぶようにした。

一時間ぐらい楽しんだ後、俺達はスポーツフロアを後にした。

「はぁー、久しぶりに体動かした気がするわ。やっぱりダメね、ちゃんと定期的に運動しておかないと」

「あれ。月二でジムに行ってるんじゃ」

「あっ……い、行ってるわよ、もちろん！　でもやっぱりジムだけじゃトレーニングが偏っちゃうって話で……」

……行ってなさそうだった。

別にいいのになあ、行ってなくても。

なぜそこで格好つけようとするのか。

エレベーターを利用し、ゲームセンターがあるフロアへと向かう。

会計の際、クレーンゲームで使える無料のチケットがもらえたので、とりあえず行ってみようという話になった。

一歩フロアに足を踏み入れると、電子音の洪水が耳を貫く。

「このチケット、使えるところは限られてるみたいですね」

「そう。じゃあさっさと探して使っちゃいましょう」

「桃生さん、クレーンゲームとかやります？」

「やらないわよ、お金の無駄だもの」

淡々と言う。

「欲しいものがあるならちゃんとお金を出して買えばいいでしょう？　いくらかかるかわからないゲームにお金を使うなんて、非効率だわ」

「あはは……」

クレーンゲーム全否定意見だった。

桃生さんらしい、と思うけど。

筐体《きょうたい》の群れの中を歩いて行くと、無料チケットが使えるゾーンが見えてきた。

人気キャラの精巧なフィギュアや巨大なぬいぐるみ……ではなく、小さいキーホルダーやお菓子などが並ぶ筐体ばかりだった。

正直これと言って欲しいものもなかったが、

「あっ」

ふと桃生さんが声をあげた。

「どうしました？」

「……ううん、なんでもないんだけど……これ」

そう言って桃生さんが指さしたのは、一つの筐体。

ガラスの向こうには——小さなトカゲのフィギュアが並んでいた。

そこまでリアルではなく、いい感じにデフォルメされたかわいらしいデザインとなっている。色はカラフルで様々な種類がある。

「これ、レオパでしたっけ？」

「……そう、レオパードゲッコー」

ジッと見つめる桃生さん。

なんだか目が輝いている。

以前、唯一の趣味が『トカゲの動画を見ること』だと言っていた。

俺もそれを聞いてから、ちょっとは勉強した。

爬虫類《はちゆうるい》飼育の中で一番王道と呼ばれているのが、このレオパードゲッコーという種類らしい。

日本語名は——ヒョウモントカゲモドキ。

正確にはトカゲではなく、ヤモリに分類されるそうだ。

名前の通り豹《ひよう》みたいな柄をしている個体が多いが、品種によって色や柄は大きく変わる。

そのカラーリングは多種多様であり、色や模様で値段が大きく変わるとか。

「これにしますか？　無料チケット使えますし」

「そ、そうね……。なんでもいいから、とっととやっちゃいましょう」

　やや興奮しつつ言う桃生さん。

　筐体横のリーダーに、チケットのＱＲコードを二枚分読み込ませる。

　無料分のチャンスは二回。

　……話し合うこともなく桃生さんがプレイし始めてしまったため、俺は後ろから見ていることとなった。

「そういえば桃生さん、トカゲが好きなら自分で飼おうっては思わなかったんですか？」

「……飼いたい気持ちもあるんだけどね。でも実際に飼ってる友達から話を聞くと……無理そうな部分もいろいろと見えてきて」

「無理そうな部分？」

「トカゲって基本……餌が虫なのよね」

「あー……」

　虫かー。そりゃ女性にはハードル高いだろうなあ。

「ていうか……俺もそこまで得意じゃない。

「人工の餌も一応あるんだけど、個体によっては活き餌《いえ》しか食べなかったりするらしいの。

だから結局、コオロギとかレッドローチを用意するしかないみたいで」

「レッドローチ？」

「……餌用のゴキブリよ」

「ゴキ……!?」

え!?　レオパってゴキブリ食べるの!?

こんな愛くるしい見た目で!?

「その辺のゴキブリとは種類が違うけどね。飛べないし壁も登れないし、繁殖も簡単だから爬虫類の餌として重宝されてるの。私の友達とかは……餌代節約のために自宅でレッドローチを繁殖してるわ。やろうと思えば衣装ケースとかで簡単にできるみたい……」

ゴキブリを自宅で繁殖!?

爬虫類飼ってる人ってそんなことしてるの!?

お、恐ろしすぎる……！

地震とか来て衣装ケース壊れたら……どうなるんだろう？

自宅マンションが阿鼻叫喚《あびきょうかん》地獄となってしまうんじゃなかろうか？

「そういった様々な懸念点を考慮した上で……今は動画だけでいいかな、というモードよ」

「い、いいと思います」

爬虫類飼育は、思っていたよりずっと大変そうだった。

生き物を飼うって大変だなあ。

「……もう少し右かしら？　でも、あの尻尾に上手くひっかかれば……」

雑談中も桃生さんはずっとクレーンゲームに向き合っていた。

時間制限がなく何度もアームを動かせるタイプだったので、細かく微調整を繰り返している。かなり真剣な様子だった。

しかし熱意と結果は比例せず――

「……ああっ」

あっと言う間に二回分のカウントを使い切ってしまった。

「嘘《うそ》でしょ……。なんで最後急に、アームが緩くなるの……!?　どこかで遠隔操作してるんじゃ……？」

「ざ、残念でしたね。すごく惜しかったですけど」

「………」

拳を握りしめて悔しがる桃生さん。無言が怖かった。

「えっと、桃生さ――」

「……実沢くんっ、ちょっとそこで待ってて！　他の人がやらないように！」

突如そう叫び、その場から駆け出す。

そして千円札を両替して、あっと言う間に戻ってきた。

「あと一回でいけそうよね……うん、絶対にいけるわ。だからこれは……実質無料よ。百円なんて大人にとっては無料みたいなもんだから」

「あの」

「なに？」

「……なんでもないです」

もはやこちらを振り返りもせずゲームに集中していたので、俺はなにも言わず黙って見守ることにした。

桃生さんは極めて真剣な目つきでゲームをプレイし続けるが……千円を使い切っても景品は取れなかった。

そして……彼女は迷うことなく追加の両替に走った。

「実沢くんっ、黙って見てないで協力しなさい！　横から見たりして！」

「は、はいっ」

もはや後には引けない様子だった。

これがクレーンゲームを『お金の無駄』と言っていた人の、成れの果てか。

完璧な前フリだったなあ。

その後、苦節十八回目のチャレンジで――

「やったっ！　取れたっ！」

ようやくレオパのフィギュアが落ちた。

それも、運よく二つ。

いや……運よくというわけでもないか。何度もチャレンジして中のフィギュアがあっちこっち動いた結果だから。

取れたのは二つとも同じカラーリング。

明るい黄色に黒い模様があるタイプ。

後ろにあるポスターによれば、ハイイエローという品種らしい。

「千八百円で二つ取れたから……うん、実質タダみたいなものね！　大人にとって千円以下の買い物なんてタダみたいなもんだから！　しかも一番王道のハイイエローが二つ取れたことを思えば――」

自分に必死に言い訳しつつ、大喜びする桃生さん。

そんな彼女を見ているだけで……俺はもう、どうにかなってしまいそうだった。

ああ、ヤバいな。

やっぱり俺、この人のこと、好きだ。

誰からも認められるような立派な大人で、でもたまに、びっくりするぐらい子供っぽい顔も見せる。

そんなこの人に、俺は虜《とりこ》になってしまっている。


その後——

なんだかんだ俺達は、たっぷり四時間ぐらいラウワンで遊び尽くしてしまった。

「……あっと言う間だったわね」

「そうですね」

施設を出て歩いている俺達は、若干気まずい空気になっている。

なんというか、夢から醒《さ》めた気分。

スポーツ施設やゲームセンターで学生みたいに遊び尽くしてしまった自分達が、今更になってちょっと恥ずかしくなっていた。

「……ごめんね、私が行きたいって言ったばっかりに……。どうせデートの練習するなら、もっとそれっぽいところを回った方がよかったわよね」

「そんなことないですよ。すごく楽しかったです。なんか……桃生さんの新たな一面がたくさん見られて」

「……っ」

「もらったレオパ、大事にしますね」

「い、いいわよ、そんな大事にしなくて。すぐ捨てていいから。もう……なんであんな夢中になっちゃったのかしら……？」

二つ取れたレオパは、一つずつ分け合うこととなった。

お揃《そろ》いのものを手に入れたことに……俺の方はちょっとテンションが上がってしまっている。

「捨てませんよ、記念に取っときます」

「記念？」

「桃生さんとデートできた記念に」

「……っ。か、勝手にしなさい」

そう言い切ると、早足で先に行ってしまう。

まずい。

ちょっと浮かれすぎているかもしれない。

好きな気持ちを隠すのが難しくなってきてる。

どうにか自制しないと。

先に行った桃生さんを慌てて追いかける。

そして歩くこと——十分。

目的の店に到着した。

少々レトロな店構えをした、イタリアンレストラン。

いろいろ考えた末、無難にネットで人気が高いところを選んだ。値段は高すぎず安すぎず、ちょっとしたコースで五千円ぐらいの価格らしい。

「一応、ここ予約してるんですけど」

「…………」

「桃生《ものう》さん？」

「……え？　ああ、うん。ありがとう。わざわざ予約してくれて」

桃生さんは平然とそう言うが——一瞬見せた表情の強《こわ》ばりが、少し気になった。

第八章　桃生課長の離婚歴

ネットの評判通り、レストランの中はかなりいい雰囲気だった。

静かで落ち着いたＢＧＭに、高級そうなテーブルセット。壁の絵画に観葉植物。客の年齢層も高めで、店内全体が洒落《しゃれ》た空間を演出している。

俺と桃生さんは同じコースを頼んだが、味も絶品。

デートのディナーとして申し分ない店だったと思うが――

「美味《おい》しいですね。俺、こんないい肉食べるの、すごく久々かも」

「ええ、美味しいわね」

コースのメインディッシュを食べていても――桃生さんの表情には若干の陰があった。

店に入ってからずっとだ。

普通に会話しているけれど、ほんの少しだけ表情が暗い。

ずっとなにか、別のことを考えているような。

「あの……もしかして、この店、嫌でした？」

「え？」

「なんだかずっと、上の空だから。もしかしてイタリアン苦手だったとか」

「そ、そんなことないわっ」

手を振って申し訳なさそうに言う桃生さん。

それから声のトーンを落とし、

「……ちょっと余計なこと考えちゃってて」

と続ける。

「実はこのお店……別れた夫とも来たことがあったのよ」

「……っ」

心臓が締め付けられるように痛む。

別れた夫。

あんまり考えないようにしていたけれど、その話はすでに聞いている。

桃生さんは——過去に結婚していたことがあるらしい。

まさか、この店に元夫と来たことがあったなんて。

ネットで評判のいいところを選んだわけだから、なくはない偶然なのかもしれないけど……でも、それにしたって酷《ひど》い偶然だ。

「別に思い出の店ってわけでもないんだけどね。一度来たことがあるだけで……でも、なんだかいろいろと、嫌なことも思い出しちゃって」

「…………」

「ごめんね、実沢《さねざわ》くんには関係ないことなのに」

「……いえ」

小さく首を振るけれど、思ったよりも凹《へこ》んでいる自分がいた。

彼女はすでに独身なんだから、元夫のことなんて考えなくていいはずなのに、頭が勝手にゴチャゴチャと考えてしまう。

嫉妬なのかなんなのかもわからない感情が腹の底から湧き上がって全身を巡り、心に暗い闇が広がっていく。

「……あの」

気づけば俺は、口を開いていた。

「桃生さんって……どうして離婚したんですか？」

「え？」

「……あっ。ごめんなさい。こんな、失礼な質問……」

自分でも驚くぐらい、踏み込んだ質問をしてしまった。

深く後悔するが、桃生さんはさして気分を害した様子もなく、

「そんな大層な話でもないわよ。本当に、よくある話……」

と溜息《ためいき》交じりに続けた。

「元々、お見合いみたいな感じで結婚したの。相手は……母親が一生懸命探してきてくれた人だった」

「お母さんが」

「……私の母親、悪い人間じゃないんだけど、だいぶ古い価値観の人でね。『女は結婚して子供を育てるのが一番の幸せ』っていう価値観。だから私にも、早く結婚しろ、子供は絶対早く産め、ってうるさくて」

桃生さんの母親。

以前聞いた話を思い出す。

——母も妊娠しにくい体質だったみたいでね。

——私を妊娠するまで、結構苦労したって聞いてる。

古い価値観と言えば、古い価値観なんだろう。

早く結婚して早く子供産め、なんて。

でももしかしたら、自分が妊娠や出産で苦労したことも関係しているのかもしれない。

娘には自分がした苦労をさせないように、と。

「どっちかっていうと、私達二人よりお互いの親の方が盛り上がっちゃってね。向こうも向こうで四十近かったせいか、親から結婚や跡継ぎを急《せ》かされてたみたい」

四十近く、か。

桃生さんの元夫は結構年上の相手だったらしい。

「トントン拍子に結婚は決まったけど……いざ一緒に暮らし始めたら、すぐに上手《うま》くいかなくなってね」

桃生さんは薄く笑う。

口の端に小さな自嘲を浮かべながら、苦々しく。

「相手が――私に家事を全部やれって言い出したのよ。仕事もできるだけ早く辞めろって」

「…………」

「私は結婚する前からちゃんと言ってたわ。仕事を辞める気はない、結婚してからも働き続ける、共働きでやっていきたいって。相手も了承してたはずだった。それなのに――」

元夫は、こんなことを言ってきたらしい。


――だからって真に受ける女がどこにいる？

――俺も少しは手伝うが、大体の家事はお前がやってくれないと困る。

――親からどういう教育を受けてきたんだ？

――なにが仕事だ、大した稼ぎもないくせに。


「そこからは……冷戦みたいな生活よ。私もこの性格だから、一歩も引かなかったし譲らなかった。相手の親が乗り込んできても、言いたいこと言って追い返した」

結果――

ほんの一年程度で、離婚が決まったと言う。

「……式は身内だけでやったし、会社での名前も面倒だから変えなかった。だから結婚のことは、会社でも本当に一部の人しか知らない……」

自嘲気味に笑って言う。

「結果的に助かったわね。面倒な陰口叩《たた》かれずに済んでるから」

「……大変、だったんですね」

感情が胸で渋滞している中、なんとか絞り出した言葉は、自分でも悲しくなるぐらい薄っぺらい言葉だった。

「自業自得よ。私だって別に、そこまでいい妻だったわけじゃない。私視点だから夫が悪者みたいに語っちゃったけど……夫からしたら私が結構な悪女だろうし。どっちが悪いってことじゃなくて……合わなかったってだけの話」

「………………」

「後悔はしてないわ。離婚がベストの選択だったと今でも思ってる」

でも、と続ける。

ピンと張り詰めていた声が、少しだけ弱々しくなった。

「私の離婚で、お母さんが……すごく落ち込んじゃってね。『私が無理やり結婚させたせいで、娘が辛い思いをした』って」

「………………」

「後悔はしてない……でも、少しだけ、ほんのちょっとだけ思っちゃうの。もし私が……もう少し我慢してれば」

徐々に言葉に感情が籠もっていく。

一言では言い表せないような、複雑な感情が。

「もう少しだけ譲歩してたら、もう少しだけ耐えていれば、もう一歩でも歩み寄っていれば……結婚生活はどうにか維持できたんじゃないかって。そうしたら……今頃、お母さんに孫の顔を見せてあげることだって、できたかもしれない……」

そこまで言ったところで、フッ、と小さく笑う。

「……ごめんなさい。しゃべりすぎたわね。どう？　大して面白くもない、よくある話だったでしょう？」

「……いえ」

小さく首を振ることしかできない俺に、桃生さんはグラスの炭酸水で喉を潤してから、淡々と続ける。

「もういいのよ。一回頑張ってみて、十分わかったわ。結婚も恋愛も、私には向いてない。こんな自分本位な女……誰とも上手くいきっこない」

「──そんなことないですよ」

気づけば口が動いていた。

頭ではわかっている。

軽々に踏み込んでいい問題じゃない。

今聞かされた話なんて、要点をかいつまんだだけのダイジェスト。

ほんの数分の会話なんかじゃ計り知れないほどの苦悩が、説明しようのない葛藤が、きっとたくさんあったはずだ。

俺なんかに口を出す権利はない。

でも、心が。

溢《あふ》れ出す思いが、勝手に言葉を紡いでしまう。

「そんな寂しいこと、言わないでください。自分がダメみたいに言わないでください。桃生さんのいいところ、俺はたくさん知ってますから」

だから、と続ける。

まっすぐ相手の目を見つめて。

「いつか必ず現れますよ。桃生さんのことが大好きになって、一生添い遂げたいって思う男が」

桃生さんは一瞬、目を見開く。

それから顔を少し赤らめ、困ったように視線を泳がせてしまう。

しかし、やがて——小さく笑った。

「……ありがとう」

照れ臭そうに、でも嬉《うれ》しそうに、笑う。

店内のＢＧＭが少しアップテンポな曲調へと切り替わった。

やや遅れていたドルチェが、ようやく運ばれてくる。


レストランを出た後――

俺達は並んで夜の街を歩く。

日曜日の夜だけど、繁華街はやはり人が多かった。

歩行者信号を待っているタイミングで――俺は、横に立つ桃生さんの手を握った。

できるだけさりげなく、でも勇気を振り絞って。

「……っ」

桃生さんは一瞬、体を硬直させたけれど、手を振り払うようなことはなかった。弱い力で俺の手を握り返してくれる。

信号が変わり、周りの人と一緒に歩き出す。

「……手」

ぽつり、と桃生さんが言葉を落とす。

「繋《つな》いで歩くのは、初めてね」

「そうですね」

「……ふふっ」

「どうしました？」

「だっておかしいでしょ？　順番がメチャクチャだもの」

「あはは、確かに」

言わんとすることはよくわかった。

俺達はもう――何度もセックスをしている。

男女の恋愛におけるゴールみたいなものを――最も甘美で最も刺激が強いものを、諸々《もろもろ》の過程をすっ飛ばして経験してしまっている。

手を繋ぐ、なんて。

恋愛における初歩の初歩。

中学生……いや、ちょっとませた小学生カップルでも経験しているような、軽いコミュニケーションでしかない。

それなのに――どうして。

どうして今更、こんなにも緊張してしまうんだろう。

心臓はバクバクと脈打ち、気を抜くと手が震えてしまいそうになる。繋いだ手は温かくて柔らかくて……とにかく幸福な感触があった。

「これから、どうする？」

ふと桃生さんが言った。

「どうしましょう？　ディナーの後は、完全にノープランで」

「……デートの練習っていうなら……一般的なフォーマットに則《のっと》った方がいいわね。普通の成人男女のカップルは……どのぐらい一緒にいるものなのかしら？」

どこかとぼけたような口調でありながら、声に不安と緊張が滲《にじ》んでいる。

こちらを試すような、そして祈るような。

意を決して、俺は言う。

「俺、もう少し一緒にいたいです。桃生さんと二人で」

桃生さんは数秒沈黙した後に、ほんの少し手を強く握り、

「……そうね。もう少し、一緒にいましょうか」

と返してくれた。

胸が温かな気持ちで満たされていく。

繋いだ手を通して、互いの感情を共有できたかのような幸福感があった。

しかし――

「――えーっ⁉　嘘《うそ》、死んだの⁉」

空気を切り裂くような声が、耳に飛び込んできた。

若い女の声だった。

続けて周囲から次々と声があがる。

「うわ、マジじゃん。心筋梗塞だって……」

「え？　今日もテレビ出る予定じゃなかったっけ？　放送どうなんの？」

「ショックー。私、結構好きだったわ」

場所は――道路沿いにある家電量販店の前だった。

店頭に置いてある大型テレビを見て、通行人達は口々に声をあげていた。スマホを取り出して眺めている者も多い。

テレビでは、緊急のニュース速報が流れていた。

著名人の訃報、である。

『映画監督の虎村剛心《とらむらごうしん》さん（72）死去』

画面の隅にそんなテロップが映る中、スタジオのアナウンサーは沈痛な面持ちで原稿を読み上げていた。

スマホを取り出すと、すでにネットニュースにもなっていた。

虎村剛心、死去。死因は心筋梗塞。宿泊先のホテルで倒れ、従業員が発見。元々心臓が悪く、何度か手術をしていた——などなど。

「……そんな、虎村さんが」

なんと言ったらいいかわからない。

会ったこともない相手だし、特別にファンだったというわけでもない。

それでも最近、うちの会社で彼の本を出したばかりだ。

本の中身は読んでいるし、虎村さんの笑顔が入ったオビは俺と桃生さんでデザインを担当した。

だから……勝手に知り合いだったような気分になってしまっている。

死んだという事実が、にわかには受け入れがたい。

「……桃生さん？」

反応がなかったので彼女の方を向いた——次の瞬間。

バッ、と。

繋いでいた手が、振り払われた。

「――会社に行くわよ、実沢くん」

極めて真剣な声で、怜悧《れいり》な眼光を湛《たた》えて、桃生さんは言った。

空気が――変わった。

思わず身構えてしまう。

俺とのデートごっこを楽しんでくれていた彼女は、もういない。

さっきまでのいじらしい顔が嘘のような、『女帝』の顔となっていた。

第九章　桃生課長のお仕事

『有名人が死ぬと、その人の本が売れる』

これは……出版業界では一つの常識だったらしい。

若手社員の俺は、この常識を今回の件で学ぶこととなった。

理屈としては——わかる。

有名人が亡くなれば、その訃報がテレビやネットニュースで流れる。

ビッグネームであればあるほど、何度も何度も。

かつては映画監督として名を馳《は》せ、近年ではバラエティタレントとして人気を博していた虎村剛心の急死は、当然ながら多数のメディアで言及された。

ワイドショーでは多くの有名人が追悼コメントを述べ、SNSでも画像や動画などが拡散されている。

日本全体が、彼の死を悼んでいる。

悼んでいるとまでは言わずとも……訃報によって彼に関心を抱いている。普段は興味がない層まで興味を持っている。

裏を返せば――

それは、絶好のビジネスチャンス、とも言える。

著名人の訃報が流れた瞬間から、あらゆる業界が一斉に動き出す。

テレビも、新聞も、広告系も、ＩＴ系も。

そして、出版業界も。

結論から言ってしまえば――

虎村剛心の突然の訃報から、二週間。

彼の関連書籍は――売れた。

売れに売れた。

過去の書籍も大きく動いたし、売り上げ不振で大量に返本されてきていた直近の自伝本も一斉に捌《さば》けた。

もちろん黙っていて勝手に売れたわけではなく、俺達営業部も必死に働いた。

このビジネスチャンスを逃さないように。

取次への迅速な配送、客層を計算した配本調整、編集部との連携、書店への特設コーナー設営依頼、著名人の追悼コメントを載せた新規オビ、新規ＰＯＰのデザインの発注、ネット広告のプロモーション……などなど。

それらの販売促進戦略は全て——桃生《ものう》さんの指揮の下、実行された。

訃報が流れた日の翌日から……いや。

当日の夜から、彼女は動き出していた。

このビジネスチャンスで、一冊でも多く本を売るために。

訃報に便乗しながら、しかしやりすぎて『不謹慎』とは叩《たた》かれないよう、絶妙なバランス感覚で販促活動に勤《いそ》しんだ。

結果——

関連書籍はどれも大きく動き、何冊かに重版がかかった。社内で失敗扱いされていた直近の自伝本までも、初版の倍近い部数が増刷されることとなった。

虎村剛心は他社でも本を出していたが、ＰＯＳデータを見る限り、この期間に最も売り上げを伸ばしたのは間違いなくうちだった。

全ては桃生さんの手柄と言っていいだろう。

彼女の手腕が、熱意が、嗅覚が、実力が、スピード感が、バランス感覚が。

降って湧いたビジネスチャンスを、見事に活《い》かし切ったのだ。

「――はぁーあ、今日も疲れた疲れた」

社内の休憩スペースにて、缶コーヒーを片手に轡《くつわ》は言った。

突然の訃報から二週間。

バタバタしていた営業部も、ようやく少し落ち着いてきた。

「しかしまあ、いろいろ勉強になったなあ。人が死ねば本が売れるって。言われてみたら『そりゃそうだ』って話なんだけど、言われなきゃ意外と気づかんっていうか」

「確かにな」

「やっぱり桃生課長はすげえよ。今回のでかなりの数字出したんだろ？　部長とかからも褒められてたし」

当然ながら今回の一件で、ただでさえ高かった桃生さんの社内評価は、またさらに高まった。彼女を讃《たた》える声は、この数日、社内で何度も聞いた。

「出版社の営業なんて大してやることねえ、中身に関われなきゃつまんねえ……って思ってたけど、今回のでつくづく実感したわ。本を売るのって、やっぱり営業の仕事なんだよなー」

珍しく真面目なトーンで、轡が言った。

編集部希望だが営業部に回され、『営業なんて』と思っていた男が、改めて営業という仕事について考え直したようだった。

そのぐらい、今回の桃生さんはすごかった。

輝いていたと言ってもいい。

しかし。

その輝きが強ければ強いほど、生まれる影も強くなる。

「――やっぱ運がいいよなあ、『女帝』様は。いきなり虎村が死ぬなんてよ」

休憩スペースに、二人の男が入ってきた。

年は俺達よりもだいぶ上。

桃生さんよりも少し上ぐらいの世代だろう。

「あいつ、虎村が死んだ日に会社にすっ飛んできたらしいぜ」

「大ゴケしてた本を一気に売り伸ばせるチャンスだもんな。やった、死んだ、ラッキー、ぐらいに思ってたんじゃないか？」

「人間一人死んだっていうのに、活《い》き活きと仕事しやがって」

「さすがは『女帝』様だよ。いくら死んだら売れるからって、ここまで徹底して訃報を商売にできる女はなかなかいないって」

「おっかねーよなあ。いくら顔がよくても、ああいう気が強い女は無理だな、俺は」

「嫁の貰《もら》い手はないだろうな。いわゆるお局様《つぼねさま》ってやつだよ」

「ははは。お局様か。そういやそれ、死語らしいぜ。若い子には通じないんだよ」

嫉妬か、やっかみか。

自分より年下で結果を出している桃生さんがよほど気に食わないのか。

ヘラヘラした笑顔で中傷を垂れ流した後、彼らは飲み物だけを買って休憩スペースから出て行った。

「……お、おい、実沢《さねざわ》。こぼれてるぞ」

轡の言葉で――気づく。

自分が、持っていた缶コーヒーを握り潰していたことに。

まだ半分ぐらい中身が残っていたため、そこその量がテーブルにこぼれてしまった。

「うわっ。やべっ……」

「ったく……相変わらず桃生課長ラブだな、お前は」

テーブル拭きを手伝いながら、轡は呆《あき》れたように言う。

「そんなんじゃ他の女なんて無理だよなあ。鹿又《かのまた》をフッたのも納得だよ」

「だから、違うっての。そもそもフッてないし」

鹿又とのあれこれについては、轡にちゃんと話したわけじゃない。

それでも——なんとなくの空気感で事の顛末《てんまつ》を察したのだろう。

あの日以降、鹿又とはまともに会話してない。

「だいたい……その件に関しちゃ、悪いのはお前だろ。お前が余計なことしたせいで、いろいろ面倒臭くなったんだよ」

「……そうなんだよ。全部俺のせいなんだよ」

嫌みを返すと、轡は珍しくしっかり落ち込んだ顔となった。

「あー……マジで鹿又には申し訳ないことした。完全に余計なことした。今度しっかり謝って飯でも奢《おご》らないとなあ。つーかもう、俺が付き合っちまおうかな」

どこまで冗談か本気かわからんことを言う。

テーブルを拭き終え、空き缶を捨てた後、俺達は休憩スペースを後にした。

その日の帰り——
「……あっ」

一階に降りるエレベーターで、俺は偶然にも鹿又と出くわした。

「実沢くん……今、帰り？」

「ああ。鹿又もか？」

「うん、たまには定時で帰るかと思って」

なにげない会話をするも、まだどこかぎこちなさがあった。

お互いに沈黙したまま、エレベーターが一階に到着。無理に別れるのも不自然な気がして、一緒に会社の外まで歩いて行く。

「……そういえばさ」

ふと鹿又が口を開いた。

「轡くん、なんか私のこと言ってた？」

「あー……すごく申し訳ないことしたって落ち込んでた」

「あはは。やっぱそうなんだ。一回、めっちゃガチな謝罪メッセージ来たからさー。轡くん、こんな真面目な文章打てるんだーって驚いた」

明るく笑って言う。

「気にしなくていいよって言っといて。轡くんのせいじゃないし。どうせ遅かれ早かれって話だったと思うからさー」

鹿又はやはり笑っている。

不自然なぐらいに、過剰なぐらいに、明るく。

わかっている。

これは彼女の優しさだ。

あえて笑い話にしようとしてくれている。

大事にならないように。

俺が、余計な罪悪感を抱かないように。

これから一緒に仕事をしていて、気まずくならないように。

「あはは。どうする実況くん？　せっかくだし、ご飯でも行く？　あっ。もちろん今日はワンチャンないけどね。ふふっ。ああいうのは一回限りの——」

「——鹿又」

俺は言う。

たぶん、言う必要がないことを。

鹿又の優しさは——痛いぐらいに伝わってくる。

でも俺は今から、その優しさを無下《むげ》にする——

「俺、好きな人がいるんだ」

足を止めて言った言葉に、鹿又もまた足を止める。

目を大きく見開いた。

「…………」

「今は、その人のことしか考えられない」

「……なに、それ」

鹿又は困惑顔となった後、また笑う。

「あはは、なにいきなり？　なんの告白……？」

しかしやがて、徐々に笑みが消えていく。

笑みが消えた顔に残ったのは、悲しげな困惑だった。

「……やめてよ。今まで、そういうのなしでやってたじゃん……。急にマジにならないでよ……」

「……悪い」

「はぁーあ……、なんだろうなあ。コクってもないのにフラれた気分……」

いや逆か、と鹿又は言う。

今までの明るい笑みとは違う、自虐の笑みを浮かべて。

「一回も好きって言ってなかったよね、私……。遠回しなアプローチばっかりして、肝心なこと、一回も言ってなかった……。だからちゃんと、フッてすらもらえなかった」

「…………」

「もっと要領よくやりたかったんだけどなあ」

鹿又は顔を上げ、虚空に向けて言った。

惜しむように、諦めたように。

それから目を伏せ、言葉をこぼす。

「難しいもんだね、大人の恋愛って」

難しい。

本当に難しい。

でも——

「大人も子供もないだろ」

俺は言う。

「大人だからどうこうじゃなくて……恋愛なんてきっと、全部難しいんだ」

大人だから難しい——わけじゃない。

じゃあ子供なら簡単なのかっていうと、きっとそんなわけもない。

『大人だから』とあれこれ言い訳して、曖昧な方曖昧な方へと進もうとするのは、きっと逃避でしかないのだろう。大人も子供も関係ないよね」

「……そりゃそうか。大人も子供も関係ないよね」


鹿又は小さく息を吐いた。

「むしろ……回りくどいことしてないで、ラブレターでも書いてみたらよかったのかな？　その方が上手《うま》くいったりしたかも」

思い出す。

鹿又が話してくれた、中学で書いたラブレターの話を。

大人になってから考えれば……学生時代に書いたラブレターなんて、たぶん相当拙いものに思えるだろう。人によっては悶絶《もんぜつ》級の黒歴史なのかもしれない。

でも。

その瞬間の思いは——その時代にしかできない気持ちの伝え方は、かけがえのないものであるはずだ。

「一つだけ訊《き》いていい？」

鹿又は言う。

「なんだ？」

「もしその人がいなかったら——実沢くんが誰も好きになってないフリーな状態だったら

さ、あの晩、私のこと抱いてた？」

「……すぐ抱いてたと思う」

「あははっ。オッケー。ならいいや！」

俺が気まずさに耐えつつ答えると、鹿又は大きく口を開けて屈託なく笑った。

夏の空は、今頃になってようやく赤らんでくる。

徐々に赤く染まっていく道で、俺は鹿又と別れた。

振り返りもせず——自分が進むべき道へと歩いていく。

残業を終えて自宅マンションに帰る頃には、すっかり日は暮れていた。

鍵を開け、玄関で靴を脱ぐ。

そして部屋のテーブルに——買ってきたハイボールとつまみを置いた。

ノンアルコールではない。

むしろ普段飲んでるものより度数が高いもの。

妊活を始めてからアルコールは控えていたけれど——でも諸々《もろもろ》の周期から考えると、今は妊娠の可能性はほぼゼロのタイミング。
だったら……少しぐらいはいいでしょう。
今日ぐらいは飲まないとやっていられない。
虎村剛心《とらむらごうしん》氏の訃報から二週間。
ようやく仕事が、一段落ついたのだから。
「…………」
着替えをさっさと済ませ、簡単に酒の準備をする。
カシュッ、と缶のプルタブを開け、コップにも注がず直接飲んだ。
炭酸とアルコールが喉を通り抜け、全身に染み渡っていく。
汚泥に沈んでたような気分が、少しだけ洗われた感覚となる。
「…………」
思い出してしまう。
虎村剛心の訃報を見たときの、実沢くんの顔。
人の死にショックを受け、死を悼む顔――
人間として当然の、慈愛の感情。
そんな彼の横で、私はなにを思っただろう。

たぶん、なにによりも先に。

死を悲しむよりも悼むよりも先に。

これで本が売れる、と思った。

頭が自動的に計算を始め、戦略を立て始めた。

そんな自分に――ゾッとした。

ゾッとして、嫌悪感を抱いて……でも、やめなかった。

これでもかってほどに、全力で人の死を利用して商売した。

私は、そういうことができてしまう人間だった。

「……変わってないなあ」

変わってない。元夫と離婚した頃から、なにも変わってない。

実沢くんに説明したときはだいぶ私に都合のいいようにしゃべったけれど――夫婦関係の破綻は、私にも多くの原因があった。

夫は、何度か歩み寄ろうとしてくれた。

恋人期間がほとんどなかった分、旅行やデートを計画し、夫婦としての関係を築こうとしてくれた。

でも私は――夫より仕事を優先した。

当時は二十代後半で、仕事が面白くなり出した時期で、課長になれるかどうかが懸かっているタイミングだったから。

「……かわいくない女」

缶が一本空いた。

自分でもペースが速いとわかってるけど、止められない。

もう一つの缶に手を伸ばしたタイミングで――電話があった。

母が入居している施設からの電話だった。

電話を取ると、いつも電話をくれるスタッフさんの声が聞こえる。

『お世話になっております、結子《ゆいこ》さん。木綿子《ゆうこ》さんの件でお話がありまして――』

十分ほどで電話は終わる。

内容は――月一でくる定期連絡だった。

次に来るときに持ってきてほしい服や消耗品。

そして、施設での母の状態について――

「……っ」

どうしよう。

もう間に合わないかもしれない。

今から妊娠しても、出産は十ヶ月ぐらい先になるんだから――

――結子は本当に優しい子だね。

ふと母の声を思い出す。

小学校中学年ぐらいだっただろうか。

飼っていた金魚が死んで、庭にお墓を作ったことがあった。

大事に育てていたから本当に悲しくて、一ヶ月ぐらい毎日、金魚のお墓に手を合わせてから学校に通っていた。

そんな私に、母はいつも優しく微笑《ほほえ》んでくれた。

――人間、優しいのが一番だよ。

――結子が優しい子に育ってくれて、お母さんとっても嬉《うれ》しいよ。

「……優しくないよ、お母さん」

懺悔《ざんげ》のような言葉が口からこぼれていく。

「私……人が死んでも、金儲《かねもう》けしか考えられない女になっちゃった……」

心がズブズブと、底なしの泥の中に沈んでいく。

ああ……もう、いいや。

なんだか全部がどうでもよくなってきた。

消えたい。忘れたい。空っぽになりたい。

記憶も思考も感情も。

意地も矜持《きょうじ》も未練も。

過去も未来も現在も。

なにもかも手放して全部消し去ってしまいたい。

新たな缶へと手を伸ばした──そのときだった。

インターフォンが鳴る。

画面に映っていたのは──私が今、唯一体を許している男だった。


「……すみません、連絡もなしに、いきなり来て」

実沢くんはスーツ姿のままだった。

家に帰ってないんだろうか。今日は定時で帰ってたと思うけど。

「お酒、飲んでたんですか？」

缶が並ぶテーブルを見て言う。

私がアルコールを断っていたことを実沢くんは知っている。

疑問に思うのは当然だろう。

家にあげる前に片付けようかとも思ったけど……今日はもう、そんな元気も湧いてこなかった。どうでもいい。どう思われても、どうでも。

「ええ、今日ぐらいは飲もうと思って」

私は言う。

「祝杯をあげるためにね」

「祝杯……」

「決まってるでしょ？　虎村剛心の本がバカ売れしたお祝いよ」

「………」

私は言う。

強い声で誇るように。

「我ながらいい仕事ができたと思うわ。だからお祝いしてたの。ほら、せっかくだから実沢くんも付き合いなさい。お酒、いっぱい買ってきちゃったから」

隣に座るよう促し、大量に買っていた缶をいくつか渡す。

私は新しい缶を開け、グイッと一気に中身を呷《あお》った。

「いい、実沢くん。今回の件でわかったと思うけど――人が死ねばその人の本が売れるのよ。だから私達は、著名人の訃報を見たらすぐ動かなきゃいけない」

「………」

「訃報が流れた後にやるべき戦略……ちゃんと覚えた？　次からは自分でもやってみなさい。今回は急死だったからドタバタしちゃったけど……本当はもう少し早くから動けるといいのよね。倒れて入院とかして、もうすぐだなって思ったら、早め早めに準備しといて悪いことはないから」

「………」

「あー、でも本当に助かったわ。彼の自伝本、なにもなかったらここ数年でワーストぐらいの初動だったから。私のキャリアに余計な傷がつくとこだった。でも結果的には一発逆転のホームランになったわけだし、ラッキーラッキー――」

「――やめてください」

実沢くんは強い声で言った。

一気飲みを続けようとする私の手を止める。

「もうやめてください……。そんな無理して……悪ぶらなくていいですよ」

「……悪ぶってなんかないわよ。私はそういう人間で――」

「だって桃生さん――泣きそうじゃないですか」

言われて、ハッとする。

片方の手で目に触れると、涙が浮かんでいた。

今にもこぼれ落ちる、寸前だった。

「ちがっ……これは」

「……会社だと好き勝手言う人が多いですけど、俺はわかってるつもりです。今回の件で……桃生さんがどれだけ傷ついてたか。どれだけ心の痛みに耐えて仕事してたか」

「…………」

「桃生さん、優しいから」

優しい？

私が？

「……優しいわけないでしょう」

「優しいですよ、桃生さんは。自分じゃ気づいてないかもしれないですけど」

「……優しかったら会社で『女帝』なんて呼ばれないわよ」

「みんな、知らないだけですって。桃生さん、会社じゃ全然そういうところ見せないから。

でも、わかってる人はわかってると思いますよ。なんだかんだ、俺の同期は桃生さん尊敬してる人が多くて――」

やめて。

やめてよ。

優しいなんて言わないで。

これ以上、優しいこと言わないで。

これ以上――私の心に入ってこないで。

私が黙ってしまったせいか、取り繕うように実沢くんは言った。

「えっと……そういえば、今日はお土産があって」

「お土産……？」

実沢くんは鞄《かばん》から取り出したものをテーブルに並べる。

それは――レオパードゲッコーのフィギュアだった。

私がこの前、クレーンゲームで取ったものと同じもの。

並べられたのは全部で四つ。

オレンジ、白に黒いドット柄、真っ白、黄色と紫の斑《まだら》模様――品種で言えば、タンジェリン、スノー、ブリザード、エニグマ……かしら？

「どうしたの、これ？」

「今日、会社帰りにたまたまゲームセンターに寄って。たまたまたくさん取れたから、桃生さんにプレゼントしようかと思って」

「…………」

定時であがった彼が、こんな時間までスーツ姿だった理由がわかった。

ずっとクレーンゲームをやっていたらしい。

……なんで？

なんでそんなことしてたの、実沢くんは？

「えっと……あっ」

周囲を見回し、テレビ前に置いてあったレオパフィギュアを見つける。

それを手に取り、四つのフィギュアと一緒に並べる。

ちなみに以前取ったレオパは、黄色の体に黒い模様——ハイイエローと呼ばれる品種である。

「コンプリート、みたいな……」

困ったように笑う実沢くん。

五種類のレオパがテーブルに並ぶ。

クレーンゲームのポスターには『全五種類』と書かれていたような気がするから、確かにこれでコンプリートなんだろう。

でも。

私はこれを見せられて……どんなリアクションをすれば。

かわいいはかわいいけど。

「………」

「え、えーっと。あっ、そうだっ。もう一つおまけもあって」

私がリアクションに困ってしまったからだろう、実沢くんはさらにもう一つ、なにかを取り出した。

「これは……かなり迷ったんですよ。たぶん余計なお世話だろうけど……でも、万に一つぐらい、喜んでもらえる可能性があるかと思って。一応、頑張ってクレーンゲームで取ってきて」

そう言って出されたものを見た瞬間——

全身が総毛立ち、血の気が一気に引いた。

「——っ」

黒光りする翅《はね》。

胴から生える六本の脚。

主張の強い触角。

要するに……ゴキブリだった。

かなり精巧に作られた、ゴキブリのフィギュア。

色からサイズから、もはや本物にしか見えない——

「……い、いやぁあああああああっ！」

夜にもかかわらず絶叫してしまう。

無理。

フィギュアだとわかってても無理っ！

「な、なんなのこれ！　なんでこんなの取ってきたの⁉」

「やっぱりダメですか？」

「ダメに決まってるでしょ！　嫌がらせ⁉」

「ち、違いますよ！　桃生さんが、虫がダメだからレオパ飼育を諦めてるって言ってたから……じゃあ、こういうオモチャからちょっとずつ慣れてけばいいのかなって……」

「いらないわよ、その気遣い！　だいたい、レオパの餌はゴキブリじゃなくてレッドローチ！　そういう……悍《おぞ》ましいフォルムじゃなくて、もうちょっと可愛《かわい》げがあるの！」

「俺だって苦手だけど頑張ったんですよ！」

「頼んでないわよ！　もうさっさとそれしまってっ！」

怒鳴りつけると、実沢くんは悲しそうな顔をしてそれを鞄に戻した。

はあ……死ぬかと思った。

心臓が止まりそうになったし、息も未《いま》だにハアハアしてる。

あまりにリアルな造形のアレを見た瞬間、頭が真っ白になって、思い切り悲鳴をあげたら体の力も抜けて、さっきまで心を縛り付けていたものも、どっかに行ってしまったような気がして——

「はあ、はあ………ぷっ。あはははは っ」

気づいたら噴き出していた。

あまりの馬鹿馬鹿しさに、笑わずにはいられなかった。

「まったく、もう……なにやってるのよ、あなたは」

「あはは……すみません」

「こんなにたくさん取ってきて……お金かかったでしょう？」

「少しだけ。二千円ぐらいで取れたんですけど」

え？　二千円？

私、二千円近く使って二つしか取れなかったんだけど……。

実沢くんは同じぐらいの金額で、レオパ四つとG一つ取ってきたの？

「……なんか、子供っぽいことしてみようかな、と思って」

彼は言う。

「無理に背伸びしないで、できもしないのに大人びたことやろうとしないで……落ち込んでる女子がいたら、ゲーセンの景品とかをプレゼントする……そういう学生っぽいノリも、たまにはいいのかなって」

「女子って……」

私、もう三十二なんだけど。

女子でいいのかしら？

「この前の学生みたいなデートも、すごく楽しかったですし」

「……そうね」

思い出す。

あの日のデート。

一応それなりに気合いを入れて、ちゃんと年相応のデートコーディネートにしたつもりだったけど……気がついたらアミューズメント施設を満喫してしまっていた。動きづらい服で無理に動いて転んだりもして。

いつ以来だろう。

あんな風に、なにも考えずにただ楽しんだのなんて。

「楽しかったわ、すごく」

私は言う。

「……ごめんね。せっかく楽しいデートだったのに、私が最後に台無しにしちゃって……。酷《ひど》い女だって思わなかった？」

デート中なのに仕事を優先して。

人が死んだというのに迷いなく金儲《かねもう》けに走って。

こんな嫌な女を、実沢くんはどんな風に――

「格好《かっこ》いい女《ひと》だと思いました」

まっすぐ。

飾らない言葉がまっすぐ、私の胸に飛び込んできた。

「デート中だろうとビジネスチャンスは逃さない……最高に格好いいですよ。俺の上司はすごいだろ、ってみんなに自慢したいぐらいです」

「………」

ああ、ダメだ。

今、なにかが壊れた気がした。

プライドとか、見栄《みえ》とか、意地とか……私が私であるために——女が社会で生きていくために纏《まと》っていた鎧《よろい》みたいなものが、音を立てて砕け散った。

こてん、と。

私は隣に座っていた彼の方に、頭を預ける。

「も、桃生さん……」

「褒めて」

「……え?」

「もっと褒めなさい」

「え? えーっと」

「命令よ」

「あー……や、やっぱりすごいです、桃生さんは。この二週間、本当に勉強になりました。桃生さんみたいな営業社員になれるよう、今後も頑張って行きたいと思います」

「もっと」

「しゃ、社内評価もうなぎ登りですよね。もうすぐ部長とかになっちゃうんじゃないです

「もっとよく似合ってて。スタイルもよくて、スーツもよく似合ってて。

か？　我が社で最年少の女性部長が誕生するかも」

「もっと。仕事以外のことも」

「……シ、シンプルにお綺麗《きれい》だと思います。スタイルもよくて、スーツもよく似合ってて。年齢気にしてるみたいですけど、全然見た目は若いと思いますし……。あと……あの、デートの日、恥ずかしくて言いそびれたんですけど、あの格好、めちゃめちゃ綺麗でした」

「もっと」

「………ちょっと運動苦手なのが、かわいいなって……ああっ、いや、これ褒めてますっ！　一応、褒めてるんですよ！」

ああ――

なにをやってるんだろ、私。

バカみたい。

ううん――バカそのものよね。

だって。

もっともっとバカなことしたいって、思っちゃってるんだから。

「ありがとう、実沢くん」

「いえ、このぐらい――ん!?」

ほとんど不意打ちみたいな形で抱きつき——強引に唇を重ねた。

そのまま何度も何度も、ついばむようにキスをする。

実沢くんとはもう何度もキスをしているけれど、こんな激しくしたのは初めて。もっと言えば、私の人生の中でも初めて。

こんなキスをしたのも——こんな燃え上がるような気持ちになったことも。

「も、桃生さん……」

ようやく口が離れると、実沢くんが照れたような困ったような顔で私を見てきた。その顔をたまらなく愛《いと》おしく思う。

もう……思考が上手《うま》く働かない。

頭はボーッとして、それなのに心臓はとてつもなく速く動いている。

無理なペースで飲んでいたアルコールが今更効いてきたのか、それとも別な理由なのか。

でももう——全部どうでもいい。

今この瞬間の昂《たか》ぶりに、身を任せて溺れてしまいたい——

再び彼に抱きつき、首筋に唇で吸いつく。両手は彼の背中や太ももに這《は》わせるようにして、徐々に服の中に手を入れていく。

すると彼は私の肩を摑《つか》み、切ない目で見つめてきた。

「我慢できなくなりますよ……、俺」

「……我慢なんかしなくていいわ」

相手の胸に手を置き、強引に押し倒す。

脚を広げて彼の体に跨《また》がる。

上着も勢いよく脱ぎ捨てて、下着姿となった。

電気も消していないし、シャワーだって浴びていない。

でも今はもう、自分を止められそうになかった。

「お願い……今日はメチャクチャにして」

覆《おお》い被《かぶ》さり、また唇を重ねる。

数秒の間があってから、実沢くんも覚悟を決めたかのように私を強く抱き締めてくれる。

体温と吐息を確認しあうような抱擁。やがて慣れた手つきでブラジャーを外され、滑稽なほどに大きな乳房がこぼれ落ちる。最初はたどたどしい手つきだった彼も、今はスムーズに下着を脱がせるようになった。彼が乳房に吸いつくと……自分でも驚くほど大きな嬌声《きょうせい》をあげてしまった。

もう何度、彼と交わっただろう。

十回は超えたような、超えてないような。

でも過去の性交は、あくまで子作りという目的のため。

厳密に排卵日だけを狙って関係していたわけでもないけれど——当然、可能性がゼロの日にセックスしたりはしなかった。

でも今は違う。

今日は、ほぼ確実に妊娠しない日。

いわゆる安全日。もちろん百％の安全日なんて存在しないけれど、妊娠の確率自体はかなり低い。

それなのに——私は今、こんなにも激しく彼を求めてしまっている。

好き放題したくなっている。

好き放題されたくなっている。

抱いてほしい、と強く願ってしまっている。

その意味がわからないほど、私は自分に鈍感ではいられなかった。

エピローグ

翌朝は――桃生《ものう》さんに起こされた。

「実沢《さねざわ》くん……起きなさい、実沢くん」

「え……」

肩を軽く叩《たた》かれて目を覚ますと、桃生さんがこちらの顔を覗《のぞ》き込んでいた。

すでにメイクもしていて、格好はスーツ姿。

会社でいつも見る彼女の姿だった。

「いつまで寝てるの。そろそろ起きないと会社に遅れるわよ」

その言葉で、寝ぼけていた頭が覚醒する。

ヤバい。そうだ。昨日の夜……最後は立ちあがる元気もなくてそのまま寝ちゃったけど、今日は普通に会社だ。

まずい。どうしよう。一旦家帰る時間あるか？

「ヤバい……起きなきゃ」

「きゃっ」

ベッドから飛び起きた瞬間、かわいい悲鳴があがる。

そこでようやく気づいた。

自分が素っ裸のまま寝ていたことに。

そうだそうだ。終わってからそのまま寝たんだった。

「うわっ……す、すみません」

慌ててベッドに戻って布団をかぶる。

「もう……なにやってるのよ……」

桃生さんは顔を真っ赤にしてしまう。

顔を横に逸《そ》らしながら、しかし視線は俺の方を向いていた。

俺の……股間の辺りに。

「なんで朝からそんなことになってるの……？」

「……あ、朝だからと言いますか」

「信じられない……だって昨日、あんなに……」

ボソボソと呟《つぶや》いた後、

「んんっ。とにかく……早くシャワー浴びてきなさい」

と言い捨て、寝室から出て行った。


シャワーを済ませ、昨日着たスーツにそのまま着替える。

「そのまま会社に行くの？」

「いえ、一旦帰ります」

今日の仕事で家から持ってこなきゃいけないものもあるし、あとやっぱり下着とシャツは着替えたい。夏場だし。

「なら、あんまりのんびりしてられないわね。コーヒーぐらいは飲んでく？」

「あっ。すみません、いただきます」

席に座ると、桃生さんが愛飲しているチャコールコーヒーを出してくれた。

一口飲む。

独特の苦みと香ばしさが口の中に広がった。

もう何度も飲んだけど、この味がちょっとクセになり始めてるかもしれない。

「なんかいいですね、これ」

「でしょう？　このチャコールコーヒーはね、置き換えダイエットに使ってる人も多いのよ。一日三食、どこかの食事をこのコーヒーに置き換えることで絶大なダイエット効果があるらしいの。難消化性デキストリンやＭＣＴオイルが配合されてるから、食事代わりに飲んでもちゃんと満腹感が——」

「あ、そうじゃなくて」

話が逸れそうだったので、どうにか止めた。

桃生さんは少し悲しそうな顔をした。

「この部屋に泊まると、次の日の朝は毎回、このコーヒー飲んでるじゃないですか。こういう恒例行事みたいなの、なんかいいなって」

「……なにそれ。変なの」

桃生さんは小さく笑い、自分の分のコーヒーを飲む。

「もう少し女子力が高い女なら、朝は味噌汁《みそしる》とか作ってあげるのかしらね？」

「いやあ、そういうのは桃生さんっぽくないですよ」

「……どういう意味？」

「あっ」

「言っとくけどね、私だって味噌汁ぐらい簡単に作れるのよ。一人暮らしだとコスパとタイパが悪いから避けてるだけで、その気になれば一通りの料理は……」

余計な失言のせいで、またお説教されてしまうのだった。

コーヒーを飲み終わり、席を立つ。

「それじゃ、失礼します」

ジャケットを羽織って部屋を出ようとすると、

「実沢くん」

と呼び止められた。

振り返ると——

「……ありがとね、いろいろ」

少し恥ずかしそうに桃生さんが言った。

そこで——やっと気づく。

起きてからずっとバタバタしてたから、今まで気づけなかった。

レオパのフィギュアが五つ、テレビ台の上に並んでいた。

デートの日に取ったものが一つと、俺が昨日持ってきた四つ。

桃生さんが朝起きてから並べたのだろう。単にまとめて置いた感じではなく、見栄《みば》えのバランスを考えた配置となっている。

全体的にシックにまとまっていた部屋では、かなり浮いたインテリアとなってしまっている。でも、そのアンバランスさが少し嬉《うれ》しかった。

「じゃあ、また」

迷った末に、俺はそんな別れの言葉を口にした。

なにに対する『また』なのかはわからないけれど、でもこの言葉が一番自然なような気がした。

なにかが解決したわけでもないし、なにかが進展したわけでもない。

でも今は、これでいい気がした。

いつか終わるかもしれない関係でも、今はこれで。

この気持ちを隠したまま、少しでも長く彼女と一緒にいたい――

「……ふぅ」

実沢くんを見送った後、私はソファに腰掛ける。

ゆっくりと腰をさする。

痛い。

腰が……痛い。

ていうか全身が痛い。

実沢くんの前ではどうにか毅然《きぜん》としてたけど……そろそろ限界。

うぅ～、痛いぃ～っ。

会社に行く前にシップ貼らなきゃ。

さすがに昨日の夜は……ちょっと頑張りすぎてしまったかもしれない。

恥ずかしいぐらいに乱れてしまった。あんなに奔放に男を求めたのなんて、人生で初めてだったと思う。しかも向こうは向こうで若くて体力があって、私が求めればいくらでも応えてくれて、だから私もさらに淫らに乱れて――

……思い出しただけでも羞恥心で死にたくなってくる。

いくら酔ってたからって……いや。

お酒のせいじゃないか。

普段より酔ってたと言っても記憶をなくすほどじゃない。

ちゃんと全部覚えている。

全部、私が望んで求めたこと。

「………」

なんとなく、窓を開けて外を見る。

駅に向かう道を眺めると、歩いている実沢くんを見つけた。

その後ろ姿を眺めていると――ふと、彼が足を止めて振り返った。

目が合う、という距離ではないけれど、それでも私が見ていることには気づいたようで、軽く手を振ってくれた。そんなことをされたら……私も手を振り返すしかない。

猛烈な恥ずかしさがこみ上げてくる。

もうっ……なんで振り返るのよ！

こっち見なくていいのに！

……って。

人のこと言えないか。

私だって今……実沢くん、見えるかなあ、と思って外を眺めたんだから。

「……っ」

窓を閉め、カーテンも閉める。

部屋にある机の引き出しから、一枚の紙を取り出した。

ペアリングの誓約書。

私が後から手書きで加えた一文。

——どちらかが本気になったら、この関係はおしまい。


あれで、バレてないつもりなんだろうか。

気持ちを隠せているつもりなんだろうか。

直接言葉で言われたわけではないけれど、ここ最近の彼を見ていれば嫌でもわかる。私はそこまで愚鈍じゃない。ピュアでもいられない。

実沢くんは——私のことが好きなんだろう。

わかる。

さすがにわかってしまう。

自意識過剰……ではないと思う。

あんなにも露骨な態度を取られたら、気づかずにはいられない。どうにか隠そうとしているようだけど、まるで隠せていない。風邪のお見舞いに来たり、デートに誘ってきたり、落ち込んでたらプレゼントを用意したり。

それらの行動全てを下心なしの聖人めいた善意と受けとるには、私はもう大人になりすぎてしまっている。

ダメって言ったのに。

本気になったらおしまいだって、言ってあるのに。

どうして、私なんかに本気になってしまったのか――

「……ほんと、バカなんだから」

誓約に則《のっと》るならば――今すぐ関係は終わらせなければならない。

私自身が言ったように……どちらかが本気になってしまえば、こんな関係は辛いだけなのだから。

私はやはり、誰とも結婚する気はない。

実沢くんにも、まだ打ち明けていない事情がある。こんな秘密を抱えたまま彼と結婚や交際をするなんて考えられない。

だから。

私は今すぐ、彼との関係を断ち切らなければならない。

性欲ではなく好意を利用するような関係は、さすがに不実が過ぎる。

ペアリングは解消して、以前のような部下と上司に戻った方がいい。

こんな先がない関係に——私と母のしがらみに、これ以上彼を巻き込んで苦しめていいはずがないんだから。

今すぐ別れを告げなきゃいけない。

わかってる。

わかってる……はずなのに。

「バカなのは、私も同じか……」

胸が締め付けられるように痛む。目を閉じれば彼の笑顔が脳裏に浮かび、幸福感と切なさが同時に溢《あふ》れ出してくる。

もう少しだけ。

もう少しだけ。

親に怒られてもゲームやお菓子をやめられない子供みたいに、そんな風に思ってしまう自分がいる。

もう少しだけ。

もう少しだけ——今のままでいてもいいかな？

今のまま……会社で一緒に仕事して、たまにデートして、たまにセックスして、たまに一緒にコーヒーを飲む――そういう今の関係を、もう少しだけ続けていたい。
そんな風に考えてしまっている自分に驚く。
でも止められない。感情を抑えきれない。
もう少しだけ。
もう少しだけ。
私の醜さも嫌らしさも受け入れてくれる彼に、甘えていたい。
この爛《ただ》れた関係に、どっぷりと溺れたままでいたい。

あとがき

大人と子供って思ってたよりも地続きだと、いざ大人になるとつくづく思います。一定の年齢を超えても、親元を離れて自分の稼ぎで暮らすようになっても、子供を育てるようになっても、なんかどっか子供の頃の感覚のまま生きてる感じがする。それでも強いて『切り替わったな』という感覚になった瞬間を挙げるとすれば、僕は大学入学時にスーツを買った瞬間だったような気がします。フォーマルな場で着る衣装が、制服ではなくスーツになった時期。大学生でまだまだ親の扶養で生きていた身でありながら、なんとなく『もう子供じゃいられない』と感じた覚えがあります。スーツを着る、スーツを着た姿を人から見られる……それは一つの、大人として生きなければならなくなるタイミングなのかな、と。制服というモラトリアムが終わり、自分で選んだスーツを着なければいけなくなる。だから人はスーツのままだと……子供っぽい恋愛なんてできなくなってしまうのかも。制服のときにはできたウブな恋愛が、スーツだと急に恥ずかしくなる。これはそんな風に、スーツと一緒にいろんなものを着込んでしまった男女が、いろんな意味でスーツを脱いで裸になる物語……なのかもしれない（……いやスーツじゃなくて制服支給の会社もあるじゃん、私服やオフィカジがオッケーの企業もたくさんあるじゃん、出版社の編集部なんて誰もスーツなんか着てねえぞ、みたいなツッコミはなしの方向で）。

そんなこんなで望公太です。

美人上司と秘密の関係になる大人のラブコメ、第二弾！

今回もこの作品ならではのイベントがたくさん描けて楽しかったです。主人公が精液検査をやったラノベは、たぶん史上初だろう。……いや、あるかも？　ラブコメじゃなくてSF系作品なら全然普通にあるのかも。

今作品は『大人のラブコメ』というテーマで一応書き始めたのですが、しかし考えれば考えるほど『大人のラブコメってなんだ？　大人と子供で恋愛ってそんなに変わるか？ガワは変わっても本質は変わらなくないか？』という疑問も出てきて、その疑問や葛藤がそのまま二巻のテーマになったような気もします。大人だからって誰もが上手に恋愛できるわけじゃないし、格好《かっこ》いい恋愛してるわけでもないですよね。つくづく『大人』って偶像だよなあ、と思います。

さて。

今回はちょっとページが余ったので、ちょこっとキャラ解説。

・桃生結子《ものうゆいこ》――今作のヒロイン。僕なりに女上司の魅力を詰め込んだキャラとなります。厳しいけど優しい、優しいけど厳しい。バツイチでいろいろ経験済みのメインヒロインというのはラノベでは少々珍しいのかも知れませんが、今回はそういう部分もがっつり踏み込んで描きたかったのです。仕事はバリバリできるけどプライベートがアレな女上司は…………やっぱり素晴らしいですね。個人的なこだわりとして、誇張した派手なポンコツさではなく、生活感と人間味がある残念さを出せるように努力しています。

・実沢春彦《さねざわはるひこ》――主人公。兄がサッカー選手。コンプレックスの塊で自己肯定感が低い。性欲は意外と強く基本的に流されやすい。スポーツを全力でやってたのに陽キャ感ゼロ。……こうして特徴を羅列すると全然魅力がないような気もしますが……彼にもいいところはたくさんあるはずです、たぶん。個人的に童貞力高い主人公が好きなので、ねっちょりした卑屈さを描けるのが楽しかったりしてます。

とりあえず今回はこの二人で。

他のキャラはまた機会があれば。

そして告知。

本作のコミカライズが、いよいよ今月（二〇二三年九月）から始まります！

原作を読んでいたらわかると思いますが……このラノベの内容が漫画になったら、えらいこっちゃですよ。文章だからかろうじて許されてる部分が多々あると思いますからね。僕はすでに読んでいますが……一話からフルスロットルで大変けしからんものになっています。乞うご期待！

以下謝辞。

担当の神戸様。今回もお世話になりました。やべえスケジュールだったけどなんとかなったのは神戸様のおかげです。今後ともよろしくお願いします。イラストレーターの、しの様。今回もありがとうございました。毎度毎度『本編にはないけど、こんなイメージで』みたいなざっくりオーダーが多い中、こちらの意図を完璧に汲《く》んだイラストを描いていただき感謝の言葉が尽きません。

そして読者の皆様に最大級の感謝を。

それでは縁があったら三巻で会いましょう。

望公太

仕事帰《しごとがえ》り、独身《どくしん》の美人上司《びじんじょうし》に頼《たの》まれて2

著　望《のぞみ》 公太《こうた》

角川スニーカー文庫　23790
2023年9月1日　初版発行

発行者　山下直久
発　行　株式会社KADOKAWA
〒102-8177 東京都千代田区富士見2-13-3
電話　0570-002-301（ナビダイヤル）

印刷所　株式会社暁印刷
製本所　本間製本株式会社

Printed in Japan　ISBN 978-4-04-114067-3　C0193

★ご意見、ご感想をお送りください★
〒102-8177 東京都千代田区富士見 2-13-3
株式会社KADOKAWA　角川スニーカー文庫編集部気付
「望 公太」先生「しの」先生

角川文庫発刊に際して

角川源義

第二次世界大戦の敗北は、軍事力の敗北であった以上に、私たちの若い文化力の敗退であった。私たちの文化が戦争に対して如何に無力であり、単なるあだ花に過ぎなかったかを、私たちは身を以て体験し痛感した。西洋近代文化の摂取にとって、明治以後八十年の歳月は決して短かすぎたとは言えない。にもかかわらず、近代文化の伝統を確立し、自由な批判と柔軟な良識に富む文化層として自らを形成することに私たちは失敗して来た。そしてこれは、各層への文化の普及滲透を任務とする出版人の責任でもあった。

一九四五年以来、私たちは再び振出しに戻り、第一歩から踏み出すことを余儀なくされた。これは大きな不幸ではあるが、反面、これまでの混沌・未熟・歪曲の中にあった我が国の文化に秩序と確たる基礎を齎らすためには絶好の機会でもある。角川書店は、このような祖国の文化的危機にあたり、微力をも顧みず再建の礎石たるべき抱負と決意とをもって出発したが、ここに創立以来の念願を果すべく角川文庫を発刊する。これまで刊行されたあらゆる全集叢書文庫類の長所と短所とを検討し、古今東西の不朽の典籍を、良心的編集のもとに、廉価に、そして書架にふさわしい美本として、多くのひとびとに提供しようとする。しかし私たちは徒らに百科全書的な知識のジレッタントを作ることを目的とせず、あくまで祖国の文化に秩序と再建への道を示し、この文庫を角川書店の栄ある事業として、今後永久に継続発展せしめ、学芸と教養との殿堂として大成せんことを期したい。多くの読書子の愛情ある忠言と支持とによって、この希望と抱負とを完遂せしめられんことを願う。

一九四九年五月三日